Le nageur d'Auschwitz

DU MÊME AUTEUR

Diego, l'enfant de la balle, ouvrage collectif, Éditions Jules Rimet, 2021.

Le Journal de Jules Rimet, avec Yves Rimet, First, 2014.

Émile Boutmy, le père de Sciences Po, avec François Leblond, Anne Carrière, 2013.

Le Pouvoir des sectes, Éditions du Chêne, 2009.

Main basse sur le génome, avec Frédéric Dardel, Anne Carrière, 2008.

RENAUD LEBLOND

Le nageur d'Auschwitz

ROMAN

J'AI LU

Ce roman est librement inspiré de l'histoire d'Alfred Nakache.

À Alice, Valentine, Nicolas et Pauline

Une fois qu'il a touché l'eau, le nageur est seul.

Charles SPRAWSON, *Héros et nageurs*

Il y aurait toujours cette mémoire, cette solitude :
cette neige dans tous les soleils,
cette fumée dans tous les printemps.

Jorge SEMPRUN, *L'Écriture ou la vie*

Constantine, Algérie, été 1928

Ils ne le mettront pas à l'eau. Il n'aime pas l'eau, Alfred. Il le leur a dit mille fois. Tous les samedis, c'est le même cérémonial, la même procession, la famille Nakache au grand complet qui dévale le sentier pentu menant à la piscine Sidi M'Cid, au fond des gorges du Rummel, à Constantine, dans l'Est algérien.

— Puisque je vous dis que je n'aime pas l'eau, foutez-moi la paix !

— Dis tout de suite que tu en as peur. Une vraie poule mouillée ! ricane son cousin Gilbert.

Le pire, c'est qu'il a raison. Alfred a treize ans et la mer l'effraie, tout comme les bassins, même les moins profonds. Il ne sait pas d'où vient cette phobie. Assis au bord de la piscine, il se cramponne au petit escalier d'acier qui plonge dans l'eau bleue. C'est à peine s'il parvient à immerger ses pieds. Pendant ce temps, Prosper, son petit frère, multiplie les allers-retours, alternant la brasse et le crawl, le créditant surtout à chaque virage d'une grimace différente.

Alfred feint de ne pas le voir, la tête tournée vers le soleil, les yeux mi-clos. Son père, David, non plus n'aime pas l'eau. Ce qu'il aime, lui, c'est avoir toute sa famille autour de lui. Rose – la belle-mère d'Alfred, qui se trouve être la sœur de sa mère, trop vite montée au ciel –, sa fille Georgette, ses fils, ses neveux. Avec une prédilection pour l'heure du pique-nique préparé avec soin par Sarah, grand-mère merveilleuse qui, malgré une myopie carabinée et un cœur fragile, rivalise d'inventivité pour satisfaire l'appétit de toute la tribu.

Chaque samedi, jour de shabbat, c'est un régal : bestels à la viande, caviar d'aubergine, tomates séchées, tièdes de soleil et salées, houmous, salades d'oranges, makrouds aux dattes, pâtisseries à la rose et à la fleur d'oranger… On s'installe en surplomb de la piscine, dans un coin à l'ombre, à l'abri de la fournaise, suffisamment près pour profiter du spectacle des plongeons, corps hâlés tendus vers le vide, et assez loin du brouhaha pour entendre David raconter ses histoires.

De son métier, directeur du mont-de-piété de la ville, il ne parle jamais. C'est tout juste si Alfred a compris que son père accorde des avances d'argent aux plus démunis. Sur la religion, en revanche, il est intarissable. David est croyant. Très. Et il tient à enseigner à toute sa progéniture les principes du judaïsme, les textes sacrés, le Talmud, la Torah.

Alfred a un peu honte de l'avouer, mais ses longs discours l'ennuient un peu. Il ne voit pas à quoi ressemble le Dieu dont il parle. Où il se cache. Pourquoi, surtout, s'il était là à veiller au-dessus de nos têtes, il n'empêcherait pas toutes ces misères. Tiens, au hasard, sur la première page de *La Dépêche de Constantine* qui emballe les fruits de Rose, l'attentat du 22 janvier 1928 : une bombe en plein cœur du marché, trois morts, deux juifs et un musulman, quarante blessés. Rien que des gens qui faisaient leurs courses, qui passaient par là, qui n'avaient rien demandé à personne.

Sur le papier froissé du journal, il lit, sans tout bien comprendre, qu'il s'agit d'une nouvelle attaque contre le quartier juif, le Kar Chara comme ils l'appellent, un enchevêtrement anarchique de ruelles millénaires situé en bas de la ville, au bord du rocher, à huit cents mètres d'altitude, et qui s'achève sur le boulevard de l'Abîme. *Il faisait quoi, Dieu, ce jour-là ?* Alfred ne le demande pas à son père. Cela lui ferait trop de peine. Non, ce qu'il aime, lui, au bord de la piscine, c'est parler foot avec Roger, le dernier des frangins. Depuis deux ans, ils suivent les exploits et les revers du Club sportif constantinois, la plus vieille équipe d'Algérie, comme s'il s'agissait du Real Madrid ou du Red Star, leur club de cœur en métropole.

Le joueur préféré d'Alfred au Red, c'est l'attaquant Paul Nicolas. À Saint-Ouen, il n'a pas son pareil, paraît-il, pour percer les défenses. Il admire sa vitesse, sa puissance. Prosper, lui, a un faible pour le gardien Alex Thépot. Il dit qu'il a des ressorts sous les pieds. Un coup d'œil de chat. Et des bras qui s'allongent pour aller chercher le ballon à l'autre bout de la cage.

Un magicien, pas un humain. Si son cousin Gilbert lui lâchait un peu la grappe avec la natation, Alfred aimerait que ces discussions enflammées à Sidi M'Cid ne finissent jamais.

Auschwitz, province de Silésie, février 1944

— À l'eau, Nakache ! Ne nous fais pas attendre, tout l'état-major est là pour t'admirer, mon vieux.

L'officier Müller, responsable, à Auschwitz, du bâtiment de l'infirmerie, jubile. Nakache, recordman du monde de 200 mètres brasse, est son divertissement préféré. À égalité avec le boxeur français Victor Perez, plus jeune champion du monde des poids mouches de l'histoire, celui que tout le monde ici connaît sous le nom de Young Perez ou encore de Younkie. Alfred s'étire lentement de sa paillasse, enfile son slip de bain et son pyjama sous l'œil goguenard de Müller et de ses deux acolytes.

— Mets ça sur tes épaules, il ne fait pas chaud dehors, lui dit-il en tendant une couverture.

Alfred n'aime pas ce sourire. Chattemite qui respire le mépris.

Comme la semaine dernière, il se retrouve debout, grelottant face au bassin dont l'eau maronnasse est tapissée d'algues vertes. Ce bassin est l'un des trois réservoirs, d'environ quinze mètres de long sur six de large, dispersés dans le camp pour lutter contre les incendies. Le froid lui glace les os, l'envahit. Tout comme la colère d'être là, simple marionnette de ses tortionnaires, jouet pathétique d'officiers aux uniformes impeccables. L'un d'eux tient un chronomètre, l'autre une caméra.

L'*Obersturmführer* Schwartz, le redouté commandant d'Auschwitz III, se frotte les mains de satisfaction. Approchez, mesdames, messieurs, le spectacle va commencer !

— Cette fois, mon petit Alfred, tu vas tout donner. Dix longueurs de papillon. Si tu descends sous la barre de ton dernier temps, tu auras droit à un morceau de viande. Sinon, on te réservera une autre de nos spécialités. Surprise, mon petit Alfred, surprise...

Alfred connaît la sanction : la fin du confort de l'infirmerie, le retour au baraquement, au noir, à l'entassement, aux soupes infâmes. À ces cris insupportables qui déchirent la nuit et transpercent les murs.

— Tu es prêt, champion ?

Sauver sa peau, penser uniquement à soi, pas à eux. Ils n'existent pas. Tu vas nager, Alfred, en faisant le vide complet comme tu sais le faire. En tirant à fond sur tes bras, la gueule ouverte.

Un coup de feu, le voilà déjà la tête au-dessus de l'eau, soulevant des masses végétales immondes. Il entend des rires qui se liquéfient dans ses oreilles. Il dresse plus haut encore ses épaules dans l'air glacé. Il casse son bassin à chaque mouvement, gagne en vitesse à chaque virage. *Je nage, bon Dieu, je nage bien et je les emmerde.*

— Alors, cher Alfred, quelle impression ? hurle le général.

Il ne répond pas, attend, les mains glacées posées sur le béton. Il les voit qui se concertent, sourient toujours, encore et encore.

— Même temps, mon ami. Il va falloir une deuxième épreuve pour se décider.

Dans l'humiliation, leur imagination est sans limites. Un officier sort un couteau de son fourreau. Le tend vers le ciel, hilare.

— Ce sera l'épreuve du poignard, Alfred. Rejoins-nous.

Alfred sort de l'eau, le corps transi. Les bras croisés sur sa poitrine, il s'approche de ses bourreaux.

— Alors voilà, exulte Schwartz, nous allons lancer ce poignard au milieu du bassin. La fosse est profonde, mais nous connaissons tes talents. Le jeu consiste à le retrouver et à le remonter dans ta bouche. Le couteau entre les dents, tu as compris, Alfred ? Quelle belle épreuve ! Comme un toutou à son maître, tu desserreras la mâchoire et le déposeras à nos pieds. Du moins nous l'espérons, petite canaille.

Alfred évalue la profondeur du bassin à six mètres au moins. Cela ne lui fait pas peur, il a les poumons pour ça. Ce qui l'inquiète, c'est cette eau opaque, pâteuse, qui empêche toute observation. Autant rechercher une aiguille dans une botte de foin. Il n'a pas d'autre choix que de leur offrir ce plaisir sadique. Il est comme tous les détenus du camp. À leur merci. Esclave de leur volonté destructrice. Et encore, il a la chance d'avoir des titres, des médailles, une reconnaissance internationale qui le rend moins transparent, moins vulnérable. À lui d'être à la hauteur de son statut de privilégié. L'épreuve du couteau entre les dents. Dans la mélasse et une eau à 10 °C.

Lorsque l'officier a lancé le poignard, il a tenté de suivre sa trajectoire et d'identifier la zone du point d'impact. Légèrement sur sa gauche, il lui semble, aux deux tiers de la largeur du bassin. Il regarde le général, comme pour lui demander s'il peut y aller. D'un geste ridicule, une manière de révérence, il l'invite à se jeter à l'eau. Il plonge aussitôt, presque en surface, et se positionne là où il pense que le couteau a coulé. À son tour, il s'enfonce dans cet abîme, à la verticale. Il descend dans l'inconnu. De longues secondes. Interminables. Jusqu'au choc de ses paumes sur le sol dur et visqueux.

Il relève la tête, ne voit pas à plus d'un mètre. Il se met à palper la surface, bute sur un amas de briques, identifie ce qui lui semble être une truelle, tâtonne le plus méthodiquement possible, en avant, en arrière, à droite, à gauche, tout en retenant sa respiration. *Où est ce couteau, bordel ? Ils doivent bien rigoler là-haut, peut-être me pensent-ils déjà inconscient ou à moitié mort*. Il brasse maintenant à l'aveugle, des gestes de plus en plus amples, et, sur l'extrémité d'un doigt, il sent enfin une pointe le piquer. Il allonge le bras et s'empare de l'objet. Le couteau. Sa lame d'au moins vingt centimètres. Ils vont l'avoir, leur image du bolcho le couteau entre les dents.

Peut-être même, avec un peu de chance, qu'il aura, comme sur les affiches, du sang qui coule sur les lèvres.

Il donne l'impulsion la plus forte qui soit pour remonter et surgit, comme un requin enragé, de la surface de l'eau. Le photographe nazi le mitraille de flashs, le général sautille comme un enfant en l'applaudissant à tout rompre. Il crache l'arme blanche. Il n'a pas saigné. Un soldat le hisse sur le sol. Il se redresse, titubant, vidé. Tandis qu'il reprend ses esprits, il les voit s'éloigner et s'engouffrer dans leur Mercedes rutilante. Pour eux, le spectacle est fini. En démarrant, l'*Obersturmführer* baisse la vitre et lui lance :

— Je te félicite, Nakache. Ce soir, tu auras droit à des petites boulettes dans ton potage.

Et, dans un éclat de rire, il ajoute :

— Profites-en. La semaine prochaine, ce ne sera pas la même histoire.

Alfred s'enroule dans une couverture, incapable d'une pensée, comme étranger à tout ce qui s'est passé. Il lui faut de longues minutes avant de se mettre en mouvement. Lentement, il longe les sinistres baraquements et regagne l'infirmerie. Autour de lui, un silence de mort.

Piscine Sidi M'Cid, mai 1929

Ce ne sont certainement pas ses cousins et ses frères qui l'auraient aidé à vaincre sa phobie de l'eau. Encore moins à aimer la natation, jusqu'à faire corps avec elle. Le petit miracle s'est produit ce jour de mai, à la faveur d'un entraînement de militaires français. Une dizaine de gaillards élancés, maîtrisant déjà parfaitement les quatre nages et dégageant surtout, sur leurs visages, une gaieté rayonnante. Ainsi l'effort n'interdit pas le plaisir, tout au contraire. On peut souffrir, jouer avec ses limites, et ressentir une forme d'exaltation. Ce jour-là, Alfred les regarde fendre l'eau avec souplesse, soulever, comme dans une chorégraphie parfaitement synchronisée, des vagues d'écume blanches et régulières, embrasser, à chaque respiration, l'immensité du ciel.

Les virages en roulade l'impressionnent. Ils s'approchent si près du mur, disparaissent en un éclair comme s'ils s'étaient fracassé la tête, puis ressurgissent plus rapides que jamais. Quand ils achèvent leur course, accrochés aux plots, ils se prennent dans les bras, se congratulent, semblent se charrier parfois. Rose emploie souvent l'expression « heureux comme un poisson dans l'eau », cette fois il la comprend et, même assis au bord du bassin, il a l'impression d'être ce poisson bienheureux. Est-ce parce qu'il ne cesse de les fixer qu'un des militaires lui fait signe de plonger ? Timidement, d'un mouvement de la tête, Alfred lui répond que non. Pas maintenant. Le soldat insiste, rejoint par ses camarades.

— Allez, mon garçon, à toi le bassin ! hurle-t-il.

Alfred ne bouge pas, tétanisé. Le jeune homme se rapproche en deux mouvements de crawl.

— Comment tu t'appelles ?

— Alfred.

— Tu ne sais pas nager ?

— Un peu. Enfin si, j'ai appris, mais je n'aime pas trop les grands bassins.

— Petit ou grand, ça ne change rien, longe le bord et montre-moi comment tu nages. Tu ne risques rien. Moi, c'est Fabien, je suis le capitaine de l'équipe militaire d'Algérie. On reste dix jours ici, à Constantine, et après c'est le grand bain : les olympiades militaires à Alger, dix nations en compétition.

Surpris par son audace, à moins que ce ne soit pour gagner du temps, Alfred se hasarde :

— Vous avez une chance ?

— Bien sûr. En métropole, on a les meilleurs clubs d'Europe, peut-être du monde. Paris, Marseille, Toulouse, que des réservoirs à champions ! Toulouse, surtout, mon club depuis tout petit. Avant d'intégrer l'armée et d'être envoyé en Algérie, je m'y entraînais jusqu'à quatre fois par semaine. Allez, à toi maintenant.

Fabien lui tient la main pour l'entraîner dans l'eau.

— Je vais nager à côté de toi, démarre doucement.

Alfred lâche le muret et exécute aussitôt un crawl de clébard paniqué, succession de gestes saccadés, bouche ouverte, qui finissent par l'asphyxier. Fabien l'arrête et le ramène au bord.

— Du calme, Alfred ! Tu ne manques pas de force pour ton âge, tu as même de la puissance, ça se sent, mais le moteur tourne à vide, tu t'épuises inutilement. Tes bras ne vont pas chercher l'eau assez loin et tes jambes ne travaillent pas. Regarde-moi.

Et voilà qu'il dessine au ralenti ces gestes d'une incroyable amplitude qui le font glisser à la surface de l'eau. Alfred réitère l'exercice, tentant de mimer les images enregistrées dans son cerveau. Il ne sait pas si c'est une illusion, mais il a l'impression d'avoir davantage d'allonge, son cœur bat moins la chamade, son souffle ne le trahit pas. Pourvu que Fabien ne douche pas ce sentiment d'une phrase assassine.

— C'est ça, voilà, c'est bien.

Il les entend, ces mots simples qui le rassurent. La présence de Fabien, ses encouragements lui insufflent une confiance qu'il croyait inaccessible. Il nage à côté d'un champion qui l'entraîne tranquillement dans son sillon, il n'a plus peur, il se sent bien. Très bien, même. Comme un poisson, dirait Rose. Ce soir-là, il s'est couché plus tôt que d'habitude. La fenêtre ouverte, bercé par le chant des cigales, il s'est imaginé à Alger, prêt à plonger devant des tribunes bondées d'admirateurs survoltés. Son frère est venu le chambrer, comme chaque soir. Alfred l'a jeté avec une détermination inhabituelle. Dans ses songes, ce n'est pas Fabien, le champion militaire, qu'on applaudissait, mais Alfred Nakache, le nouvel espoir de la natation. L'inconnu qui tremblait à l'idée de se mettre à l'eau et s'apprête à grimper sur le podium. *B'ezrat Hashem*, comme dit son père. Avec l'aide de Dieu...

Constantine, avril 1930

Personne, à la maison, n'aurait pensé que les leçons de Fabien le transformeraient si rapidement. À la piscine, Alfred enchaîne les allers-retours de nage libre sans même relever la tête, parfois plus d'une heure d'affilée.

— Oh ! Alfred ! Tu t'es fait piquer ou quoi ? ricane son cousin dans un virage.

Gilbert est allongé sur le plot, la bouche à moitié dans l'eau pour qu'Alfred entende bien ses moqueries. S'il pissait dans un violon, le résultat serait le même. Alfred l'ignore, déterminé à devenir un grand nageur. Et tant pis si on le prend pour un naïf. Il ne sait pas bien, au juste, d'où lui vient cette obstination qui confine à l'entêtement. Ou plutôt si, il pense savoir : il a besoin qu'on croie en lui et qu'on le lui dise très fort. Dans ce cas, il ne se sent plus de limites. Au lycée d'Aumale, c'est pareil : il n'est bon dans une matière que si le professeur qui l'enseigne le couvre d'attentions. Mme Cherki, sa prof d'histoire, lui fait les yeux doux : troisième de la classe. M. Bardet, son prof de maths, lui rend sa copie avec un air accablé : avant-dernier. Il se demande parfois s'il aurait été différent avec un grand frère. Ou avec un père plus ouvert aux sentiments, moins enfermé dans son carcan religieux. Peut-être, plus que d'autres, a-t-il besoin de marques d'amour. Et d'admirer. Il adore admirer. C'est chez lui comme un moteur. Il admire Fabien et, en retour, il aimerait que Fabien l'admire. Voilà, c'est tout. Comme dirait M. Bardet : « C'est pas sorcier, bon sang ! »

Une chose est sûre : cela suffit à Alfred pour qu'il se sente fort et heureux. À balayer ses doutes qui, trop souvent, remontent à la surface, et qu'il cache comme il peut en prenant des airs de clown. C'est le problème pour sa famille et ses amis : il sourit tout le temps, quand il est fou de bonheur ou au fond du trou. Pas facile de s'y retrouver. Au moins, il ne les ennuie pas avec ses états d'âme. En quelques semaines seulement, il sent son corps d'adolescent se transformer. Ses épaules se sont élargies. Dans le miroir, son torse ressemble de plus en plus aux statues grecques et romaines qui illustrent son livre d'histoire. Son ventre est une succession de plis abdominaux dont les contours sont visibles à l'autre bout du bassin. Quant à ses cuisses, sous l'effet des battements, elles n'ont plus rien à envier aux cannes musculeuses des joueurs du Red Star. Des jambes de percheron. Seule menace pour Alfred : les pains chauds nappés de chocolat que sa grand-mère fait cuire spécialement pour lui au four banal, face à la synagogue de Sidi-Fredj, et qu'il dévore sans modération au retour des entraînements.

Paule, juillet 1930

À Sidi M'Cid, après des dizaines de longueurs, Alfred se prélasse au soleil quand il aperçoit ses grands yeux verts. Des iris aux éclats dorés presque trop beaux pour être vrais. *Comme des paillettes d'or,* se dit Alfred. Paule Zaoui, la fille d'un fabricant de tissus de Constantine, l'un des plus célèbres de Kar Chara. Comme lui, elle est élève au lycée d'Aumale. Brillante, solitaire, inaccessible. Elle multiplie les distinctions et les honneurs. Les garçons ne l'approchent pas. Trop belle, trop mystérieuse. Elle vient souvent nager avec ses frères et sœurs.

Ce jour-là, elle pose sa serviette à quelques mètres de lui. Il feint de ne pas voir sa silhouette, encore moins sa poitrine, qu'il devine douce et ferme, éveillant chez lui une émotion troublante. Elle semble chercher la meilleure position pour prendre le soleil, sur le ventre, sur le dos, les jambes droites, repliées, et maintenant sur le côté, face à lui, dirigeant ses grands yeux vers son visage intimidé. Car lui aussi, désormais, est sur le côté, la tête maladroitement enfouie dans ses bras puissants. Elle se lève, rapproche encore sa serviette d'un bon mètre, comme si un voile d'ombre menaçait de recouvrir ses jambes.

— Paule !

Son prénom jaillit sans même qu'il s'en rende compte.

— Oh ! Alfred ! Mais c'est toi ! Je t'ai vu tout à l'heure dans l'eau. Ce que tu nages vite ! Toute la famille Zaoui parle de toi. On dit que tu vas devenir un grand champion.

— Je ne sais pas, Paule.

— Eh bien, nous, on le sait déjà, sourit-elle en s'allongeant sur le ventre. Tu es le plus rapide de Sidi M'Cid. Personne ne peut te rattraper.

— Et toi, tu aimes nager ?

— J'adore plonger. D'ailleurs, assez de soleil comme ça, tu ne trouves pas ? Viens te rafraîchir.

Il n'a pas encore répondu qu'elle court vers le bassin et s'élance dans l'eau avec la grâce d'une danseuse. D'un bond, Alfred la rejoint. Les voilà face à face, sous un soleil de plomb, dans ce bassin azur où se reflètent les roches du Rummel. Alfred bat des pieds pour garder son torse haut et ses épaules dégagées. Paule, elle, bouge à peine. Elle semble flotter, plaque ses cheveux en arrière, les rassemble dans un élastique, dégage son front large et bruni.

— Tu n'irais pas au cinéma avec moi ? Ils donnent *Sous les toits de Paris* au Cirta. Mes cousines y sont allées, elles disent que les chansons sont magnifiques. Et j'ai tellement envie de découvrir Paris...

— Adopté ! Samedi prochain ?

— Samedi prochain.

D'une brasse, elle se jette à son cou comme s'ils se connaissaient depuis toujours. Alfred est ébaubi par un tel élan. Il en reste paralysé, incapable du moindre mouvement. Le contact de la peau de Paule lui procure des frissons qui envahissent tout son corps. *Et si c'était ça, tomber amoureux ?* Il aimerait avoir le courage de tourner la tête, d'affronter son regard, de poser ses lèvres sur les siennes, mais impossible, tout va trop vite. Et puis, après tout, il n'est sûr de rien. Peut-être veut-elle seulement être une amie. L'amie d'un futur grand nageur. *Cacher son trouble. Desserrer l'étreinte.* Plutôt que risquer un baiser incertain qui provoquerait la pire des défaites, il lui propose un jeu.

— Accroche-toi à mes pieds, les bras bien tendus.

Paule s'exécute aussitôt. Elle le contourne, attrape ses chevilles, lui annonce qu'elle est prête. Et les voilà qui traversent le bassin olympique, lui en locomotive avançant à la seule force des bras, elle en wagon solidement arrimé. Plus il accélère, plus elle rit de sa voix claire. Éclats de bonheur qui rebondissent sur les parois abruptes du Rummel et s'en vont mourir au-delà des gorges.

Train Toulouse-Paris, 10 janvier 1944

Comme une bouteille à la mer, les femmes qui ne sont pas menottées laissent filer par le haut des fenêtres des wagons des lettres qui tourbillonnent le long du train et finissent leur course folle comme elles peuvent, dans les arbres, sous les pneus d'une voiture ou au milieu d'un chemin, suffisamment en évidence pour qu'une main charitable s'en saisisse et la conduise à bon port. Ces lettres disent l'inquiétude quant à l'issue d'un voyage sous surveillance, adressent des mots d'amour et d'encouragement, parfois de simples recommandations pour se prémunir contre la froidure de l'hiver. Pressentiment d'un aller sans retour, urgence d'un appel au secours qui ne dit pas son nom.

— Je ne sais pas bien écrire, aidez-moi, s'il vous plaît, supplie Chaja, la voisine de Paule et Alfred.

Comme Paule, cette femme tient son enfant dans ses bras.

Son mari est fermement menotté à l'autre bout du wagon. Originaires du petit village de

Beguilossin, en Pologne, Chaja et Zelman ont fui le nazisme et trouvé refuge en Haute-Garonne, lui comme tailleur, elle comme dame de maison, avant que l'occupation de la zone libre par les Allemands ne les replonge dans la précarité et le danger.

Paule la rassure, s'applique à écrire quelques phrases destinées à la famille qui employait Chaja. Chaja était seule, rue Saint-Louis, à Toulouse, quand deux miliciens sont venus la chercher. Elle connaît l'humanité de ce couple de médecins. Elle sait qu'au besoin ils sauront avertir le frère aîné de son mari, qui, lui, s'est installé plus au sud, du côté de Carcassonne. Paule écrit son adresse le plus clairement possible. Alfred, à qui l'on a épargné la paire de menottes, regarde, émerveillé, sa femme agir avec cette bonté qui l'avait séduit au premier jour. Les avoir retrouvées, elle et leur petite Annie, après la violence de l'arrestation et de la séparation à la prison Saint-Michel, est déjà une victoire. Le visage d'Alfred, tout le monde le reconnaît dans ce train où des centaines de Toulousains sont embarqués. Nakache est toujours une star, malgré son absence récente des bassins. On le regarde avec admiration, parfois avec gêne. *Pourquoi est-il lui aussi du voyage ?* Même les gendarmes français qui le croisent n'en mènent pas large.

Un jeune homme, lui, n'hésite pas. Il s'appelle Léon[1]. Il a vingt-trois ans. Il est accompagné de Louise, sa sœur aînée, qui est restée assise

---

1. D'après l'histoire et le témoignage de Léon Lehrer.

à l'avant de wagon. Le jour de son arrestation, Louise a réussi, dans un réflexe, à sauver sa fille de cinq ans en la faisant passer pour l'enfant de la concierge. Elle la sait désormais en sécurité.

Léon s'approche du champion.

— Je suis heureux de pouvoir vous parler. J'ai suivi tous vos records depuis deux ans, sourit-il. Les Allemands sont devenus fous.

— Et toi, que fais-tu ? rétorque Alfred.

— J'étais téléphoniste à Toulouse, mais ils m'ont viré. Depuis, je fais des petits travaux d'électricité, ici ou là. Je me débrouille pas trop mal. Avant ça, je n'étais qu'un petit poulbot.

— Un poulbot ?

— Un gamin de Montmartre, si vous préférez. C'est là que j'ai appris à chanter. Je passe ma vie à chanter. Il y a des gens qui font des prières quand ça va mal, il y a des gens qui pleurent, il y a des gens qui se taisent. Moi, je chante !

— Tu as mille fois raison, mon vieux ! Et tes parents, ils sont où ?

— Toujours à Paris.

— Pas trop dangereux ?

— Ils ont une petite boutique de tissus juste en face de l'hôtel de police du XVIIIe arrondissement. Allez savoir pourquoi, le commissaire s'est promis de les protéger. Mes parents font confiance et ne se sont jamais déclarés juifs. Peut-être que le commissaire est impressionné par le parcours de mon père : Roumain engagé avec l'armée française dans les tranchées, socialiste convaincu, naturalisé français, père de cinq enfants… Et sans le sou !

— C'est bien possible, opine Alfred alors que le train ralentit de nouveau, puis s'arrête.

— J'en profiterai bien pour me faire la malle, souffle Léon en regardant dans toutes les directions. Mais Louise, ma sœur, n'arrête pas de répéter : *Je ne peux pas courir, je ne peux pas courir...* À la gare de Matabiau, c'était tellement la pagaille qu'on aurait pu filer.

— Ne prends pas de risques, Léon. Et veille sur Louise.

Le Toulouse-Paris est un vrai tortillard. Il se traîne vingt-quatre heures pour arriver à la gare d'Austerlitz. Sur le quai, alors que le jour se met seulement à poindre, la maréchaussée encadre les détenus jusqu'aux dizaines de bus réquisitionnés. Pour aller où ? Personne ne le sait.

Les Parisiens qui partent au travail semblent ne se douter de rien. Ne s'inquiéter de rien.

Dernière étape avant Pitchipoï

À l'arrière du bus, sur la plate-forme extérieure, Alfred a juste le temps d'apercevoir le nom de la commune. Drancy. Elle est située à une quinzaine de kilomètres au nord de Paris, tout au plus. Cette banlieue ne lui dit rien. Avant de partir à Toulouse, c'est dans les grandes piscines parisiennes qu'il défiait les chronomètres.

La colonne de bus traverse la ville au ralenti puis s'arrête dans un grincement métallique qui fait sursauter les corps épuisés. Alfred se penche sur le côté. À quelques mètres, une rangée de barbelés encercle un ensemble d'immeubles grisâtres qui semblent dessiner une ossature en fer à cheval. Des gendarmes français font le guet, fusil en bandoulière. Derrière les murs, Alfred entend la rumeur enfler. Celle d'une foule bruyante d'où émergent des ordres hurlés en allemand, des cris aigus, des chants de femmes qui paraissent monter vers le ciel. Le bus s'ébroue de nouveau. Avec Paule et Annie, Alfred pénètre dans cette enceinte qui semble n'avoir jamais été terminée. Habitations de quatre étages, sans fenêtres ni portes, ouvertes au vent glacial, où s'agglutinent sans doute plus de mille personnes, hommes, femmes, enfants, vieillards.

Drancy. Quartier de béton transformé en camp d'internement, surmonté de cinq tours de quatorze étages – les premiers gratte-ciel construits en France. Qui peut seulement imaginer que cette cité de la Muette avait l'ambition de devenir une cité modèle ? Une utopie sociale qui, selon Henri Sellier, son promoteur, devait organiser « un meilleur aménagement de l'humanité, vers un niveau de lumière, de joie, de santé… ». À l'intérieur, plus de gendarmes, mais des nazis et des petits chefs désignés parmi les détenus pour affecter les espaces, distribuer les activités, maintenir l'ordre à coups d'insultes et de matraque. L'odeur est insupportable. Comme la saleté au sol et sur les murs. Interdiction de se soulager sans autorisation. Interdiction de bouger sans motif. Alors on fait comme on peut.

Léon l'électricien voit sa sœur Louise poussée à l'autre bout du camp. Il est conduit dans un immeuble proche de celui des Nakache, qui, eux, ont la chance de pouvoir rester ensemble. De nouveau, on s'approche d'Alfred, on reconnaît l'immense champion dont la photo a été tant de fois publiée dans la presse. Dans la chambre qui leur est affectée, Alfred observe deux garçons qui ne se quittent pas d'une semelle. Deux frères aux regards si différents. Le premier, le plus jeune, a l'œil rieur. Il s'appelle Gérard[1], il a seize ans

1. D'après l'histoire et le témoignage de Gérard Avran.

à peine, un petit costaud plein d'énergie. L'aîné, Pierre, est un grand échalas au visage surmonté de petites lunettes rondes qui laissent passer toute sa mélancolie. Contrairement à Gérard qui ne cesse de fixer Alfred, Pierre ne semble pas identifier le nageur. Il ne regarde personne, d'ailleurs, la tête tournée vers le sol.

Alfred se lève et propose aux deux garçons un morceau de chocolat. Gérard est impressionné de se retrouver nez à nez avec Nakache mais n'a aucun mal pour lui exprimer son admiration. Il lui raconte qu'ils sont arrivés de Marseille, il y a quelques jours, avec sa mère et sa sœur Mireille, dont ils n'ont plus de nouvelles. Leur père, lui, a été arrêté deux semaines plus tôt dans son bureau d'importation de produits en provenance d'Algérie. Il est le premier, confie Gérard, à avoir fait venir des couffins pour les enfants. Une vraie folie sur le Vieux-Port. Depuis, aucune nouvelle non plus.

— Je viens d'Algérie, moi aussi, chuchote Alfred. De Constantine, exactement. C'est là que j'ai appris à nager.

— Mon père vous vénère. Il y a deux ans, à la piscine du Cercle des nageurs de Marseille, quand vous avez battu le record du monde du 200 mètres brasse, il n'a pas pu être là. Mais il a gardé précieusement l'article du journal où vous tirez la langue sur la photo.

— C'est mon habitude, sourit Alfred.

— Vous savez ce qu'ils comptent faire de nous ?

— Pas la moindre idée.

— Les anciens disent qu'on va ramasser des fraises en Alsace. Ou qu'on part pour Pitchipoï.

— Pitchipoï ?

— Le pays qui n'existe pas, soupire soudain, à côté d'eux, un vieil homme assis contre le mur.

Le pays qui n'existe pas... Le sang d'Alfred se glace. Paule, elle, se concentre sur les soins qu'elle apporte à Annie. Jusque-là, les quelques réserves qu'elle a emportées ont suffi à calmer sa faim, mais les jours s'enchaînent, de plus en plus froids, et l'absence d'hygiène finit par marquer les corps.

*

Dans la cour de Drancy où les appels des SS et des petits chefs déchirent les tympans comme des coups de marteau sur une plaque de fer, Alfred aperçoit Léon qui s'avance vers lui, le pas déterminé. Il a des lunettes ovales sur le front, une caisse à outils à la main et un brassard « électricien » autour du bras.

— J'ai réussi à me faire passer pour un ingénieur électricien. J'ai dit que j'avais fait les Arts et Métiers. L'officier SS m'a cru, il semblait connaître. Il avait l'air réjoui. Je tire des câbles pour alimenter la guérite d'entrée. Cette fois, je vais me tirer.

— Mais ta sœur, Léon ?

— Louise ? J'ai appris qu'ils l'ont envoyée dans un train le lendemain de notre arrivée. Je n'ai plus rien à perdre.

Alfred se tait. Difficile de contrer une rage pareille. Léon repart, la démarche assurée, sa caisse à la main, adressant à Alfred un signe du pouce plein de confiance.

*

Chaque soir, dans la chambre sans fenêtre qu'ils partagent avec de nombreux détenus, Alfred, Paule et Annie se serrent sur le sol dur et humide pour trouver un peu de chaleur. La soupe qu'on leur sert est infâme, liquide jaunâtre dans lequel flottent quelques épluchures. Entre les courants d'air, l'odeur, les moisissures, et cette lumière électrique qui éclaire la cour toute la nuit, le sommeil tarde à venir. Beaucoup écrivent pour conjurer l'angoisse de ce temps suspendu et sans horizon.

Il y a les mots du quotidien : « J'ai oublié de fermer les volets. Prends le manteau du gosse. » *Des mots d'amour* : « Tu me manques, ma femme chérie, ne t'inquiète pas pour moi... » *Des lettres gaies et drôles comme celles de Louise Jacobson ou de Gabriel Ramet* : « J'ai reçu votre colis. Ah ! Quelle orgie... Merci de tout mon cœur et de tout mon estomac. » *Il y a des mots de grande douleur comme cette lettre anonyme, simplement signée* : « Moi la souffrante, et mes gosses[1]. »

Alfred, lui, a pris l'habitude de discuter à voix basse avec Gérard. Il apprécie ce jeune qui tient son grand frère à bout de bras. Ensemble, en pleine nuit, ils parlent de Marseille, de

1. Voir les *Lettres de Drancy*, textes réunis et présentés par Antoine Sabbagh, Tallandier, 2002.

Constantine. De ce soleil qui persiste à vouloir s'éloigner.

— Ça m'a choqué, lance Gérard, quand les Boches ont fait sauter le Vieux-Port et le pont transbordeur. Pour la première fois, on a eu peur. Mais ça ne nous a pas empêchés de faire nos excursions à Sormiou ou à Morgiou, ou d'aller au parc Borély voir des courses de taureaux et des matchs de boxe.

— Tu te souviens de certaines rencontres ?

— Oui, Marcel Cerdan qui met K-O. Frely au troisième round. Fernand Frely. Un Suisse.

— Et la natation ?

— L'été dernier, on était tous les week-ends à la piscine Chevalier-Roze. Mais ce n'est pas vraiment notre passion. Nous, ce qu'on aime, c'est sucer des *frigolosi* sur la plage, les meilleures des glaces.

— Un jour, je te parlerai des sorbets au citron confectionnés par ma grand-mère à Constantine…

Ces bribes de conversation volées à l'ennui et à l'angoisse sont comme des bonbons acidulés qui aident à tenir. Mais elles rendent la faim et la saleté plus douloureuses encore. En touchant ses joues qui se couvrent de poils dans le désordre, transformant son visage en une friche anarchique, en regardant ses mains noires et ses habits humides qui moisissent sur lui, Alfred est pris de dégoût. Et de peine pour Paule, qui reste présentable au prix de mille contorsions. *Jamais,* se dit-il, *je n'aurais cru qu'on pouvait devenir pouilleux en si peu de temps.*

*

À Drancy, le 17 janvier 1944, Alfred est convoqué dans les bureaux d'Aloïs Brunner, le redouté commandant du camp depuis le mois de juin dernier[1]. Autour de Brunner, une dizaine de sous-officiers SS, tous autrichiens comme lui, forment sa garde rapprochée. Alfred est reçu par l'*Oberscharführer* Joseph Weiszl, un ancien garçon coiffeur à Vienne. L'adjudant lui explique que, compte tenu de son palmarès sportif considérable, il pourra revenir à Toulouse.

— Malheureusement, lui dit-il, nous ne pouvons rien pour votre femme et votre fille.

— Alors c'est non, se dresse Alfred.

— Réfléchissez, monsieur Nakache.

— C'est tout réfléchi.

— Comme vous voudrez, conclut sur un ton de sarcasme l'officier qui le fait sortir brutalement des bureaux[2].

Deux jours plus tard, Alfred apprend qu'ils seront conduits, le lendemain matin, en gare de

1. Aloïs Brunner est « l'homme du règlement de la "Question juive" en France », écrivent Annette Wieviorka et Michel Laffitte dans *À l'intérieur du camp de Drancy* (Perrin, 2012). Dès son arrivée, les fonctionnaires français sont chassés du camp, les gendarmes étant uniquement chargés de la surveillance extérieure. Brunner choisit d'avoir comme seul interlocuteur la communauté juive elle-même à travers l'Union générale des israélites de France (Ugif). Cette stratégie vise « dans une logique perverse expérimentée depuis l'arrivée des nazis au pouvoir à Berlin et à Vienne, à impliquer les juifs dans leur propre persécution ».

2. C'est à Gérard Avran qu'Alfred Nakache a raconté son refus de quitter Drancy sans sa femme et sa fille.

Bobigny, à quelques kilomètres du camp. Dans la cour, le long des immeubles, les hypothèses les plus folles se répandent sur ce nouveau transfert. Si l'appréhension se lit sur la plupart des visages, certains s'accrochent à l'espoir d'un avenir moins sombre. Ne leur a-t-on pas promis que, cette fois, ils ne seraient pas menottés ? Qu'ils pourraient partir avec tous leurs bagages ? Qu'on leur distribuerait des vivres pour plusieurs jours ? Gérard, le premier, veut y voir des signes encourageants. Pierre, lui, est très nerveux. Et toujours aussi mutique.

Alors que, vers 22 heures, quelques minutes avant l'appel général qui impose à tous de remonter dans les chambres, Alfred et Paule refont leur sac de voyage en y tassant le plus d'affaires possible, Léon surgit avec son brassard d'électricien.

— Je pars avec vous demain.

— Comment ça ? s'étonne Alfred.

Malgré toutes ses tentatives, Léon n'a pas réussi à faire le mur. Les SS sont sur les dents depuis qu'ils ont mis au jour un tunnel secret par lequel des dizaines de détenus se sont évadés. Léon n'est pas non plus sur la liste du prochain convoi. Les nazis comptent sur ses talents d'électricien pour renforcer l'éclairage du camp. Mais il a insisté pour être inscrit.

— Dans le train, sans Louise, je pourrai m'évader.

— Tu es fou… Tu leur as dit quoi ?

— Que j'accompagnais une amie.

— Qui est cette jeune fille ?

— Je l'ai croisée hier. Elle était prostrée dans l'encoignure d'une entrée d'immeuble. En pleurs. Elle m'a dit que toute sa famille avait été déjà évincée et qu'à son tour elle allait partir. Je l'ai rassurée en lui disant qu'on prendrait le train ensemble. Je ne sais rien d'elle.

Léon le poulbot. Dernier embarqué pour Pitchipoï.

Convoi 66

20 janvier 1944. Le trajet est effroyable. Irrespirable. Entassés dans un wagon à bestiaux, ils sont plongés dans le noir le plus complet. C'est à peine si l'on distingue un rai de lumière entre les planches de la porte coulissante. Très vite, la soif les torture. Les gorges s'assèchent, les lèvres donnent l'impression de s'épaissir, les langues de se durcir. Dès le lendemain, l'odeur d'urine et d'excréments est partout, honteuse, animale. Ils sont plus d'un millier[1]. Alfred ne lâche pas la main de Paule, qui tient fort Annie dans ses bras. Annie à qui, avant le départ, on a arraché sa peluche. Un petit chien noir. Annie qui a tout juste deux ans.

Que dire à leur petite fille ? Que ce n'est rien – rien qu'un mauvais moment qui ne dure que trop longtemps mais, juré, promis, tu peux croire papa et maman, tout ça va bientôt se terminer. Demain, il fera jour. Demain le soleil fera

1. Le convoi transporte 1 153 personnes, dont 144 enfants de moins de quatorze ans et 81 de moins de neuf ans.

scintiller de ses rayons dorés la plaine immense de Pitchipoï, où Annie pourra faire ses premières batailles de boules de neige.

Trois jours et deux nuits. *Autour d'eux, les enfants pleurent, les parents prient, les vieux et les malades gémissent…* Trois jours et deux nuits dans la puanteur, la peur et la chaleur insupportable de corps collés les uns aux autres dans un espace privé d'air. Les essieux du train, soudain, se mettent à crisser. Le train freine, freine encore, puis s'arrête brutalement. Nous sommes dans la nuit du 22 au 23 janvier. Au loin, on entend des aboiements de chiens et les voix martiales de soldats allemands qui s'approchent. Dans un fracas assourdissant, les battants de la porte du wagon s'ouvrent sur toute leur longueur. Le vent glacé leur gifle la peau, la lumière blanche des énormes projecteurs braqués sur leurs corps endormis brûle leurs pupilles. Alfred n'a pas l'heure – plus personne n'a l'heure depuis leur départ de Drancy –, mais il doit être entre minuit et une heure du matin.

— Plus vite ! Allez, on descend sur le quai, plus vite ! hurle un officier SS dont les ordres se mêlent aux grognements des chiens surexcités.

Alfred serre la main de Paule, l'aide à sauter la marche, alors que des vieillards épuisés s'écroulent sur le quai gelé. Les soldats repoussent ceux qui essayent de les relever. Certains vont mourir ici. Devant eux. Dans une plainte désespérée, ils tendent la main vers leurs enfants. Alfred les regarde tendrement, en offrant avec ses yeux et un sourire forcé tout l'amour qu'il a en lui, mais déjà l'officier le bouscule et arrache sa main de celle de Paule.

— Elle et l'enfant, à droite, *rechts*, toi, à gauche, *links*. Plus vite !

Les voilà sur deux colonnes, éloignés de quelques mètres qui lui paraissent un gouffre. Leurs regards s'aimantent comme s'ils faisaient l'amour, ils se parlent en sachant que ni elle ni lui, dans ce concert de cris et de pleurs, ne peuvent distinguer le moindre son. Leurs lèvres crevassées dessinent des mots impossibles. De nouveau, on pousse Alfred en avant. Des hommes sont dégagés sans ménagement vers la colonne de gauche. Un soldat l'examine, cause à l'oreille de son chef, qui vient vers lui. Paule et Annie, elles, sont hors de sa vue. Il a l'impression qu'on les a dirigées vers un camion bâché.

— Nakache, c'est bien ça ? l'interroge l'officier.

— Oui, monsieur. *Ich bin Nakache. Ich bin ein schwimmer.*

— Le grand champion Nakache, mais c'est une joie de vous accueillir ici ! Vous avez l'air plutôt en forme après ce long voyage.

Alfred esquisse un sourire alors que la colère lui vrille l'estomac. Il aimerait lui sauter à la gorge, lui faire répéter ces mots doucereux de connard tout-puissant en serrant son col amidonné, lui arracher sa croix gammée et la lui faire bouffer. Mais l'officier n'est déjà plus là.

— Tu as de la chance, mon vieux, lui glisse à l'oreille un petit homme d'une quarantaine d'années, à l'accent méridional et au costume gris trop court.

Au milieu de ce chaos, cet homme a l'air de rester serein.

— Nous, ils vont nous faire bosser.

— Mais, ma femme et ma fille ?

Il baisse un peu les yeux, le prend par l'épaule.

— N'y pense pas, personne ne sait. Le mieux que tu aies à faire, c'est de te rendre utile. Ils ont besoin de nous. Comment elles s'appellent, ta femme et ta fille ?

— Paule et Annie.

— Et toi ?

— Alfred.

— Tu les retrouveras, Alfred.

Il n'a pas le temps de lui demander son prénom qu'il est poussé vers un camion. Le véhicule parcourt une dizaine de kilomètres sur des routes chaotiques, longe une petite ville nommée Monowitz, puis s'arrête à l'entrée d'un camp. Au loin, dans la pénombre, Alfred aperçoit les tours fumantes d'une usine gigantesque. *Est-ce là qu'ils nous envoient trimer ?*

Auschwitz, premier jour

— Déshabillez-vous ! hurlent les SS.

Comme tous les autres, Alfred retire ses vêtements et se retrouve nu, entièrement nu, sous la neige qui tombe à gros flocons. Nu par – 20 °C, grelottant de la tête aux pieds, les mains posées sur son intimité violée. Attendant des heures, qu'il se passe quelque chose. *Mais quoi...* À quelques rangs, un SS passe devant Léon et lui assène un violent coup de crosse sur la figure.

— Il est fou, celui-là ! enrage l'électricien en essayant d'éponger le sang avec sa main.

À sa droite, un détenu se tourne vers lui :

— Non, on t'a dit « tout nu » et tu as gardé tes lunettes.

Puis la porte du baraquement qui leur fait face s'ouvre subitement.

— À l'intérieur, *schnell* ! éructe le chef du block.

Les détenus sont sommés de monter sur des bancs. Des hommes surgissent avec leurs tondeuses mécaniques. Ils ont pour mission de les raser intégralement : jambes, parties génitales, poitrine, aisselles, crâne, sourcils. Sur la tête, au milieu, c'est la « double-zéro ». *Ils appellent ça « faire l'autoroute »*... Puis on leur ordonne de ressortir et de se diriger vers un autre baraquement. Un block séparé en deux. D'un côté, l'étuve, tuyaux dégageant une vapeur brûlante ; de l'autre, la glacière. Un chaud-froid qui dure des heures et doit nettoyer les corps de tout parasite pour éviter la propagation du typhus. Certains n'y résistent pas. Leurs cadavres sont jetés dans des camions.

Devant Alfred et les autres détenus, le *Blockältester*, le chef du block, monte sur un escabeau. Cintré dans un costume noir, il a l'air en pleine forme. Les deux cents détenus sont encore tout nus. Le chef souffle un mot à l'oreille de son adjoint. L'homme revient avec une matraque recouverte de cuir et une immense pelle de charretier. Le chef fait signe à l'un des détenus de sortir du rang et de s'approcher. Le pauvre, choisi au hasard, s'exécute. Au moment où il arrive au pied du grand chef, une pluie de coups de matraque s'abat sur lui. Pas un, mais trois, cinq, dix... Ils sont si violents que le gars s'écroule. Le *Blockältester* descend de l'escabeau, lâche le gourdin, s'empare de la grande pelle. Par le milieu, il la place sur la gorge, un pied d'un côté, un pied de l'autre. Et il oscille, et il étrangle le pauvre type à terre qui geint. Mais bientôt, il ne geint plus. Silence total. Léon et les autres prisonniers n'osent plus respirer. Ils viennent d'assister à leur premier assassinat. Le *Blockältester* se relève, rend les outils. Il explique, comme si c'était nécessaire, que c'est lui le chef.

Qu'il peut tous les tuer. Les uns après les autres. C'est son droit.

De nouveau, ils parcourent plusieurs centaines de mètres sous la neige. Les piqûres au bras les attendent. Plongées dans l'encrier, elles dessinent un nombre à six chiffres. Tatouage indélébile. Marque pour toujours de l'infamie sur leur peau meurtrie. Très vite le forgeron de service reconnaît Nakache. Nakache, le champion désormais sans nom. Réduit à un numéro. 172763. Il lui souhaite bon courage. Sans animosité, avec une curiosité amusée. À la sortie, tous sont dirigés vers une montagne de vieux pyjamas ayant servi à d'autres. Pyjamas rayés noirs de crasse et de traces d'excréments causées par la dysenterie. On leur donne aussi une casquette et une paire – souvent dépareillée – de galoches en bois. Ni chemises, ni caleçons, ni chaussettes. Rien que ce morceau de tissu rêche et sale pour les protéger de l'hiver et des appels interminables. Une fois revêtu, Alfred est tiré de la colonne par un officier.

— Tu es costaud, toi, et les gens te reconnaissent. Nous allons t'affecter à l'infirmerie centrale, dans le service du professeur Waitz. Un Alsacien. Une sommité de la médecine. Il a la charge du dispensaire du block 18. Vous vous entendrez à merveille.

Alfred sait à cet instant qu'il échappe au pire. Dans son groupe de détenus, pendant cette attente interminable, les langues se sont déliées. Des prisonniers affectés aux travaux de déneigement ont pu parler à certains sur le chemin, bravant la vigilance des surveillants. Ils décrivent des baraquements infâmes, empilement de châlits pouilleux, refuge de rats, de mites, de cafards. Un seau unique pour les besoins. Pas de lumière, pas un filet d'air. Une soupe à vomir. Des gens y meurent tous les jours d'épuisement et de malnutrition, ils sont évacués comme des carcasses de bestiaux, jetés dans des bennes pour y être brûlés à l'abri des regards. C'est donc ça, les hautes cheminées qui crachent leur fumée noire dans le ciel bleu immaculé. Des fours. Des crématoriums. Il y en aurait trois. En marchant le long des blocks, tout le monde prend en pleine gueule ce goût aigre qui soulève le cœur. L'odeur verte et infecte de la mort.

Un homme d'une soixantaine d'années, Élie, le regard clair, les bras décharnés, le répète d'une voix blanche à Alfred et à ceux qui l'entourent : ici, au camp d'Auschwitz, les juifs sont envoyés, par groupes entiers, dans des chambres à gaz avant d'être réduits en cendres. Comment en est-il si sûr ? Il leur explique qu'il y a encore deux ans il était ingénieur en chef à la direction des routes et des travaux publics, à Paris. Radié de l'administration, il a conservé des liens d'amitié avec un des conseillers du ministre chargé des Équipements. Lequel l'a mis en garde à plusieurs reprises :

— Tu as échappé à la grande rafle du Vél' d'Hiv', mais la police ratisse maintenant tout le territoire, y compris au sud de la Loire, en zone libre. Tous les juifs arrêtés sont conduits à Drancy, puis par trains spéciaux, dans les camps d'Allemagne ou de Pologne, où ils sont systématiquement gazés.

Longtemps, Élie a été caché dans une famille d'industriels catholiques, à Paris, rue de l'Université. Puis il a fini par être rattrapé, en sachant le sort qui l'attendait.

Alfred quitte Élie et ce groupe d'hommes abattus, corps déjà épuisés qui ne semblent plus croire en rien. Entre chien et loup, il les voit s'éloigner sans savoir s'il les reverra.

Et Paule, et Annie, où êtes-vous ? Où êtes-vous, mes amours ? Alfred connaît la force de Paule, il sait qu'elle va trouver les mots pour rassurer Annie, amadouer ses tortionnaires, rester en vie. Elle et leur enfant. Elle va parler de lui, oui, c'est ça. *Je suis la femme d'Alfred Nakache, vous savez, le grand champion, le roi du papillon, et elle, c'est sa fille, comme elle lui ressemble, vous ne trouvez pas ?* Elle va leur dire aussi qu'elle est professeur de gymnastique, qu'elle peut donner des cours aux femmes d'officier, que ça peut être utile avec ce froid glaçant. Alfred est sûr qu'elle le leur a déjà dit. Et que, grâce à ses quelques mots d'allemand, ils ont compris.

Il aimerait tant savoir dans quel baraquement elles se trouvent. Ce camp s'étale à perte de vue. Peut-être est-elle affectée à l'usine IG-Farben, de l'autre côté des barbelés ? C'est Élie, aussi, qui l'a dit. La firme de caoutchouc emploie les hommes et les femmes en bonne santé. Elle est jeune, belle, tonique. Ils l'ont repérée, c'est sûr. Au départ et au retour du travail, il y aurait même un orchestre tzigane pour les encourager. Demain, il demandera au professeur Waitz comment avoir de leurs nouvelles. Première nuit à Auschwitz. Première nuit blanche. Blanche comme la terre gelée qui les encercle. Les heures défilent, ses yeux restent grands ouverts. La fatigue n'y change rien, impossible de s'endormir. *Que fais-je ici, dans cet enfer ? Papa, il te dit quoi, le bon Dieu ?*

C'est une erreur, bien sûr. Tout ça n'existe pas. Une erreur.

Septembre 1931.
À vos marques, prêts ?...

Tous les chronos attestent de la transformation d'Alfred. Il explose ses temps jour après jour. Au sein de la Jeunesse nautique constantinoise, sa deuxième famille, Gabriel Menut n'a plus de doutes : l'heure des compétitions est arrivée.

— Je t'aligne en nage libre, à Alger, aux championnats d'Afrique du Nord ! lui hurle Menut en l'aidant à sortir du bassin. Et pas pour participer, pour gagner.

— Mais je n'ai que seize ans, il y aura beaucoup plus expérimenté que moi.

— Tu connais le dicton, mon petit Alfred : aux âmes bien nées, la valeur n'attend point le nombre des années. C'est du Corneille, je crois bien.

Un coup de poker. Ce 5 septembre 1931, sur les bords de la piscine olympique, le clan Nakache au grand complet est réuni. Même son père, David, a fait le déplacement. Il ne manque que Paule, son sourire radieux, ses grands yeux verts. C'est l'heure de tous les espoirs, de toutes les promesses. Pendant l'été, Alfred a nagé plus de trois heures par jour, rattrapant le manque d'entraînement du dernier trimestre. Il n'y a qu'à la mi-août, pour la fête de Tisha Beav célébrant la chute du Temple de Jérusalem, qu'il s'est abstenu. Ce jour-là, Rose et toutes les mères du quartier l'assurent, la mer est infestée de requins et de couteaux tranchants. Pas question de prendre le moindre risque, même en piscine.

Le reste de l'année, son emploi du temps ne lui laisse que peu d'espace. Comme beaucoup d'enfants juifs de Constantine, les jeudis et dimanches matin, il suit, en plus de sa scolarité au lycée d'Aumale, les enseignements de l'Alliance, l'école hébraïque. Une école religieuse où il faut tout apprendre par cœur, l'hébreu, les prières, l'histoire de la Bible et du judaïsme, et où la moindre entorse au règlement, le moindre relâchement, est sanctionné par des châtiments corporels, claques, tirages d'oreille ou, plus dur encore, coups de règle sur les mains et sur la plante des pieds, la redoutée *tcharmela*.

Sur son plot, quelques secondes avant le départ, Alfred sent ses jambes flageoler. La pression. La chaleur écrasante. La peur de passer à côté. Il frissonne, lance un regard inquiet vers sa famille qui lui renvoie des encouragements bruyants.

— Donne tout, frérot ! hurle Prosper, qui s'est rapproché du bassin, accoudé à la rambarde.

Alfred sourit, mais ses yeux trahissent la panique qui s'empare de tout son être. Coup de pistolet ! Il plonge le plus loin possible. *100 mètres en nage libre, Alfred, juste 100 mètres...* Mais son esprit se brouille. Se perd dans le bouillonnement d'une eau devenue hostile. Alors qu'il force sur ses bras, il avale la tasse, une première puis une deuxième, tandis qu'une clameur sourde, tirant vers les basses, gronde dans ses oreilles. *Que disent-ils ?... Où suis-je ?... Où sont les autres ?...* Alfred dérive, il est sorti de son couloir, poursuit sa course dans une diagonale aveugle. Prosper se prend la tête dans les mains. Son père, aussi, se cache les yeux. Le speaker annonce la sentence : « Alfred Nakache, disqualifié. » Première compétition, premier échec. Alfred reste de longues minutes au bout du bassin. Seul, prostré.

— C'est la tête qu'on va travailler ensemble, le rassure son entraîneur en posant un peignoir sur ses épaules. Tu ne pouvais pas rêver meilleure leçon.

Sur le chemin du retour, dans le train de la grande rocade Oujda-Oran-Alger-Constantine-Ghardimaou, le père et le fils n'échangent pas un mot. Le lendemain, à l'heure de l'anisette Phénix, l'apéro préféré des Constantinois, sur les terrasses bondées de la rue de France, les hommes commentent ce que tout Kar Chara a vécu comme une douche froide. *L'Écho sportif du département de Constantine* n'y va pas par quatre chemins : « La course la plus attendue de la réunion fut gâtée par la maladresse du jeune Nakache, qui changea de ligne d'eau. Quel étourdi ! »

*

Quelques mois plus tard, une deuxième occasion s'offre à Alfred. Une course en mer, le lendemain de Noël, dans la baie de Philippeville, à une petite centaine de kilomètres de Constantine. Quatre cents mètres de nage libre dans des eaux plus mouvantes qu'à Sidi M'Cid. Sur la plage du Lido, en contrebas de collines couvertes de pins et de cèdres centenaires, c'est l'effervescence. Toute la bonne société algéroise et constantinoise s'est massée le long de la plage pour assister à cette traditionnelle « coupe de Noël de Constantine ».

Dans ce type d'épreuves, l'avantage est aux costauds capables de soulever des paquets d'eau et de jouer avec la vague. Artistes de la nage s'abstenir. Alfred ne devrait pas dire ça, mais, cette fois, avant même le départ, il sait qu'il a une course à gagner. Il suffit de voir comment les autres nageurs scrutent ses biscotos pour s'en convaincre. La leçon, surtout, a été comprise. Ce jour-là, il tient sa ligne d'eau avec une rigueur militaire, ne bute sur aucune bouée, laboure la mer consciencieusement. Première victoire. Loin des bassins, en pleine mer. Comme dans ses rêves de gosse, le voilà propulsé en haut de l'affiche.

Pour la petite poule mouillée qui, à Alger, s'était mise à trembler sur son plot, ce premier titre autorise tous les espoirs. Le clan Nakache tout entier est stupéfait. À la maison, ses petits frangins soulèvent le trophée en sautant sur leurs lits. On croirait qu'ils tiennent dans leurs mains la coupe Jules-Rimet remportée l'année passée par la Celeste en Uruguay, la nouvelle Coupe du monde de football. Sa grand-mère, elle, a préparé un repas de roi : couscous au mouton et pièce montée à la nougatine. Pour la première fois, Alfred éprouve cette joie brute que l'on ressent quand on offre du bonheur aux gens qu'on aime.

Sur la musique de Cheikh

Une fois par semaine, en cet été 1932, Paule et Alfred, chaussés de simples sandales, dévalent les ruelles du vieux Constantine et empruntent la route de la corniche qui plonge dans les gorges. C'est là, au soleil couchant, dans un des premiers virages offrant un extraordinaire décor de roches, de cascades et de verdure, qu'ils ont pris l'habitude de se retrouver et de se régaler des figues de Barbarie cueillies par un jeune commerçant arabe. À chacune de leurs escapades, à mains nues, ils choisissent dans un panier tapissé de feuilles fraîches un fruit bien mûr, rouge orangé, et, de la pointe d'un couteau, font surgir de la gangue épineuse une pulpe juteuse et sucrée qui se confond avec les baisers qu'ils s'échangent désormais à l'abri des fourrés, des cactus et des agaves[1]. Autour d'eux, des myriades de petites fleurs rouges, les

1. Évocation inspirée des souvenirs de Claude S., née en 1933 à Oujda, qui a vécu de nombreuses années à Constantine et dont la famille était proche de celle de Paule.

adonis, virevoltent sous le vent léger. À Pâques, on en orne la table dans une coupe d'eau. Les juifs de Constantine les appellent les « gouttes de sang ». Dans cette nature somptueuse, cette beauté écrasante du rocher fendu par les gorges, Paule et Alfred restent souvent tard le soir, assis en tailleur, contemplant cet instant mystérieux où le ciel perd son soleil, basculant dans la nuit et le silence[1].

Ce même été, Alfred se met à fréquenter Cheikh Raymond, de trois ans son aîné, jeune prince de la musique malouf qui enchante Constantine de ses mélodies arabo-andalouses. Le musicien vient d'obtenir ce titre prestigieux de *cheikh* – « grand maître ». Les deux garçons se connaissent depuis longtemps. Tous deux ont grandi dans l'éducation stricte de l'Alliance, rue Thiers. Ils en ont gardé une ambition, un sens de l'effort, une droiture et une solide connaissance des textes sacrés.

Tous deux partagent surtout cette reconnaissance émerveillée qui fait briller les pupilles des plus jeunes comme des plus anciens – Raymond dans la musique, Alfred dans les bassins. Des personnalités écoutées, courtisées. Le vrai nom de Raymond, c'est Leyris. Et son histoire, à elle seule, raconte la ville et ses mille influences. Cheikh Raymond est juif par son père, Jacob Levi, il est le fils d'une méridionale, Céline Leyris, porte un nom français... et chante en arabe. Aimé de tous, vénéré même comme l'héritier et le gardien de secrets de composition qui remontent aux siècles lointains de la splendeur

1. Selon les mots de Claude S.

de l'Andalousie. Toujours prêt à enivrer de son oud, le luth en usage à Constantine, et de sa voix chaude les mariages, les bar-mitsvah et les nombreuses autres cérémonies familiales.

Cheikh Raymond avait un métier, peintre en bâtiment, mais cette année, comme Alfred, sa passion occupe tout son temps. Des lieux où Cheikh Raymond déploie son répertoire, il en est un réservé aux initiés, où les enfants n'ont pas leur place et où il est mal vu qu'une femme s'aventure : le *foundouk*. Dans un livre sur Constantine, Alfred avait lu cette étonnante description. « Le *foundouk* est à la fois un hôtel et un conservatoire, un caravansérail et un banc d'échouage, une oasis de haute civilisation et un antre des passions, un lieu de perdition et un refuge salvateur[1]. » Ce soir-là, au Café de Paris, Alfred, qui n'a encore que dix-sept ans, veut en savoir plus sur ces endroits pleins de mystères.

— C'est au foundouk Benazzouz que j'ai tout appris, lui dit Raymond. J'avais à peine treize ans, j'étais l'un des plus jeunes. J'écoutais le grand Abdelkrim Bestandji, le roi incontesté de l'oud. Un homme de passion qui préférait jouer toute la nuit pour ses amis que deux heures grassement payées dans le salon d'un riche négociant.

— Il avait reconnu en toi un futur talent, pour t'accepter ?

— Sans doute comme toi, Alfred. Un jour, quelqu'un te croise, il croit en toi, et ta vie s'en trouve changée à jamais.

---

1. D'après le livre de Bertrand Dicale, *Cheikh Raymond, une histoire algérienne*, First, 2011.

— Qu'a-t-il d'abord remarqué, selon toi ?

— Je ne sais pas si c'est mon jeu ou mon chant, peut-être les deux. À Benazzouz, on disait que j'étais aussi à l'aise dans les graves que dans les hauteurs des aigus, et pour le malouf, qui exprime la nostalgie et les souffrances intérieures, c'est important.

— Tu m'y emmèneras ?

— Plus facilement que tu ne m'emmèneras dans un bassin, ironise-t-il.

La semaine suivante, Alfred se retrouve, non pas à Benazzouz, mais dans la cour fleurie du foundouk Ben-Azéim. Sous l'œil bienveillant de Raymond, il s'assoit discrètement à l'ombre d'un figuier, captivé par cette ambiance hors du temps où les chants et les notes de luth de son ami se dissipent dans des volutes de haschisch. Autour de lui, des marginaux à bout de souffle et des notables des faubourgs communient autour de ce que Cheikh Raymond, du haut de ses vingt ans, appelle joliment une « douleur merveilleuse ». Alfred se sent un peu étranger à cet univers empli de spleen et de paradis artificiels, mais il se laisse porter. Il ferme les yeux, entre doucement en méditation, se laisse submerger par des émotions nouvelles. *C'est un peu comme dans l'eau*, pense-t-il. Dans l'eau où, sous l'effort – seuls les nageurs le savent –, la souffrance peut tutoyer l'extase.

Mai 1944. Simulacre

Au milieu de la cour d'appel d'Auschwitz III, les SS dressent un ring presque parfait, à la bonne hauteur et avec des cordages impeccables. Plusieurs dizaines de rangées de chaises réservées aux dignitaires nazis entourent le carré sur lequel Victor Young Perez, champion du monde des poids mouches, s'apprête à affronter un gardien du camp, ancien boxeur amateur en poids moyen, bien plus grand et fort que lui – beaucoup mieux nourri, surtout. L'adversaire de Victor est entraîné par Kurt Magatans, prisonnier de droit commun allemand, jadis honorable boxeur, condamné à perpétuité pour trois meurtres. À l'arrière, accroupis ou debout, une poignée de détenus triés sur le volet assistent à ce combat d'opérette. Parmi eux, Alfred, qui partage avec Victor le statut de grand champion international.

Victor, lui non plus, n'a pas eu d'autre choix que de satisfaire les caprices de ses tortionnaires. Il se tourne vers Alfred, qui lui adresse un discret signe de la main. Reconnaissance mutuelle de deux stars du sport français plongées dans l'absurde. Victor se mobilise pour retrouver son jeu de jambes virevoltant. Déstabiliser son adversaire, le faire courir, l'épuiser, face à la corpulence de l'Allemand, il n'a pas d'autre option. Les officiers se régalent du spectacle, Alfred, lui, ne lâche pas Victor du regard. Le gamin de Tunis n'a plus la même tonicité, ses mouvements sont plus raides, plus saccadés, mais il parvient de temps en temps à envoyer quelques crochets dans les côtes du gardien qui grimace.

Les rounds se succèdent sans qu'aucun des deux boxeurs prenne réellement l'avantage. Chez Victor, Alfred le sent, c'est volontaire. Pas question de froisser des hommes qui ont droit de vie ou de mort sur lui à tout moment. Au terme de douze rounds, l'arbitre déclare match nul sous les applaudissements des officiers. Curieux choix, quand il est si facile de décréter une victoire. Victor veut croire que cette soirée augure un sort meilleur. Que sa stature de champion est le meilleur des boucliers. En redescendant du ring, il s'avance vers Alfred, ému de rencontrer, même dans ces circonstances sinistres, celui qui a tant de fois fait la une des magazines de sport. Ils ne se connaissent pas mais se tiennent longuement dans les bras.

— Tu as le même sourire que sur la couverture de *Match*, lance Victor comme un vieux copain.

— J'aurais préféré te croiser dans un bar de Montparnasse, mais c'est comme ça. Bravo en tout cas pour ta prestation, tu as adopté la bonne distance. À tous points de vue !

Les deux hommes se mettent à l'écart pendant que des détenus s'emploient à démonter le ring sous les vociférations des gardiens. Un officier les regarde avec l'air de se demander ce qu'ils peuvent bien se raconter. Mais il laisse faire, considérant peut-être que l'un et l'autre méritent bien cette petite parenthèse. Adossés au mur d'enceinte, Alfred et Victor entament une conversation à bâtons rompus, aussi désordonnée que joyeuse, comme s'il y avait urgence à se dire mille choses. Comme si le temps était compté. Ils parlent des terres de leur enfance – la Tunisie, l'Algérie –, de leurs familles travailleuses et modestes, des fêtes traditionnelles qui rythment la vie des juifs d'Afrique du Nord, de cette culture qui les unit au-delà de tout.

Curieusement, ce jour-là, ils ne se disent pas un mot de leur vie sportive. Comme si, tout ça, au fond, était secondaire. Alfred préfère évoquer sa rencontre avec Cheikh Raymond, le petit prince du malouf, ses mélopées emplies de nostalgie mais aussi de promesses pour la vie. Il chantonne l'air d'*Insraff Zidane*, en éclatant de rire.

— Désolé, je suis une vraie casserole !

Victor sourit à son tour, éclairant d'une petite lumière joyeuse ses yeux si tristes.

— Moi, tu vois, ce qui m'a le plus marqué, enfant, c'est la lecture par mon père du *Comte de Monte-Cristo.*

— Monte-Cristo ?

— Oui, une histoire écrite par Alexandre Dumas.

— L'auteur préféré de ma prof de français au lycée d'Aumale. Mais je ne l'ai jamais lu.

— Moi non plus, rassure-toi, mais mon père, les soirs de shabbat, nous en récitait des passages entiers. Il revêtait pour l'occasion sa djellaba couleur rouille.

— Et ça parle de quoi ?

— D'un homme au fond du trou, prisonnier au château d'If, au large de Marseille, qui va retrouver le chemin de la liberté et du bonheur. Edmond Dantès, bientôt promu comte de Monte-Cristo !

— Un peu notre histoire, plaisante tristement Alfred.

— Et pourquoi pas, mon vieux ? Écoute ça, je connais la phrase par cœur : « Alors qu'Edmond Dantès se laissait aller au désespoir, de la cellule voisine parvint comme un grattement. Il prêta l'oreille et entendit une faible voix. C'était l'abbé Faria. »

— Le sauveur ?

— En quelque sorte. La rencontre qui va tout changer. Notre père nous disait : « Vous voyez, mes enfants, après l'angoisse vient la délivrance. Ses ennemis croyaient avoir détruit Edmond, mais Dieu a eu pitié de lui et a fait un miracle en sa faveur[1]. »

Si seulement les livres avaient raison, songe Alfred en fixant, au loin, les barbelés qui les enferment. Il n'a pas le temps de répondre à Victor qu'un officier leur intime de regagner leurs baraquements.

---

1. D'après la biographie de Victor Pérez par André Nahum, *Young Perez champion. De Tunis à Auschwitz, son histoire*, Télémaque, 2013.

— On se débrouille pour se revoir bientôt, glisse Alfred. Tu me parleras un peu de boxe cette fois. Et encore *mabrouk* pour ta démonstration !

*

Les miracles, parfois, se font attendre. Quelques semaines plus tard, Victor, affecté aux cuisines, subtilise un bol de soupe bien garni en légumes et en viande pour le porter clandestinement à un ami à bout de forces. À peine a-t-il franchi la porte qu'il est attrapé par le col. Le gardien le frappe violemment avec un bâton et, après un échange avec ses supérieurs, le jette dans un cachot où il croupit, pendant quinze jours, au milieu d'une colonie de rats. Victor perd son poste aux cuisines, échappe de peu à la *selektion* – l'envoi à la chambre à gaz – et est affecté dans un commando de travaux de terrassement.

Depuis, son état de santé comme son moral ne cessent de se dégrader. Le comte de Monte-Cristo s'éloigne. L'enfant des souks n'est plus que l'ombre de lui-même.

Janvier 1933, le grand saut

Comme chaque hiver, il neige sur Constantine. Le froid, cette année-là, est rude. Aussi pénible que la touffeur, l'été, des appartements de Kar Chara fouettés par le sirocco. Des balcons aux garde-fous en fer forgé et des terrasses dominant les immeubles, les enfants s'adonnent à d'interminables batailles de boules de neige, au risque de terminer la journée les doigts bouffis et crevassés par les engelures. Même les bains d'urine tiède prodigués par les mères ne suffisent pas à calmer les démangeaisons. Mais le jeu en vaut la peine. Et les flocons, ici, ne résistent pas longtemps au retour du soleil.

À Sidi M'Cid, au pied de la falaise, la piscine alimentée par la cascade reste toujours praticable. Alfred continue ses entraînements dans une eau qui ne descend jamais sous les 22 °C. Sa vie, pourtant, il le sait, s'apprête à prendre un grand virage. Dans les bureaux de la Jeunesse nautique constantinoise, Gabriel Menut, le directeur sportif, a été catégorique.

— Tu dois partir, Alfred, te frotter aux meilleurs, ton avenir est maintenant en métropole.

Paris. Un saut dans l'inconnu. Loin de ses parents, de sa sœur, de ses frangins. Loin aussi de Paule et de ses grands éclats de rire. Elle lui a promis qu'un jour elle le rejoindrait. Au contact d'Alfred, elle s'est mise à nager plus régulièrement. Elle ne se rêve pas championne mais se verrait bien, elle aussi, professeur de sport. Et pourquoi pas de natation. Elle en a déjà parlé à ses parents, qui ont de la famille à Paris. Pas un jour sans qu'elle les travaille au corps. Ceux d'Alfred, eux, se préparent au départ de leur petit prodige. En apprenant sa décision, Rose, sa belle-mère, a fondu en larmes. Sarah, sa grand-mère, s'est réfugiée en cuisine, où elle a préparé, muette, des pâtisseries au citron et à la cannelle. David, son père, lui, s'est fendu d'un grand sourire. Depuis, la coupe de Noël – lui qui était si sceptique sur ses ambitions sportives – est son plus grand soutien. Quant à ses petits frères, Prosper et Roger, en guise d'adieu, ils préfèrent lui faire de bonnes blagues plutôt que de le serrer dans leurs bras.

Alfred, pour la première fois, traverse la mer. Du pont arrière du *Ville d'Alger*, superbe paquebot en acier construit deux ans plus tôt à Saint-Nazaire, il voit, les mains glacées par le froid, s'éloigner la seule terre qu'il ait jamais connue. À peine a-t-il foulé le sol de Paris qu'une vague de nostalgie le submerge. Plus forte encore que l'émerveillement de connaître la Ville Lumière. Où se cache le ciel de Méditerranée ? Le parfum des fleurs d'oranger ? Où se cache son rocher de

Constantine, son pont suspendu, sa ville réputée imprenable que, chez les juifs, on appelle la « petite Jérusalem » ? Les Arabes, eux, disent « bled el houa », ce qui, selon le père d'Alfred, veut dire la *Cité aérienne*, ou la *Cité du ravin*, ou encore la *Cité des passions*, c'est comme on veut.

Alfred se sent un peu perdu dans cet univers plat et minéral. Seule la tour Eiffel lui rappelle les ponts métalliques qui enjambent, vertigineux, les gorges du Rummel. C'est pourtant ici que sa vie prend un nouveau tour. Ici que le sacrifice de l'éloignement est censé produire les plus belles récompenses. Le voilà, à dix-sept ans, exilé, déraciné, traversé de mille sentiments contradictoires. Éloigné de sa famille, de l'amour de sa vie, mais grisé par cet avenir qu'on lui annonce radieux.

Alfred a obtenu une bourse. C'est au lycée Janson-de-Sailly qu'il devient pensionnaire. Un établissement huppé de la capitale, rue de la Pompe, dans le XVIe arrondissement. La première fois qu'il s'y rend, il reste en arrêt devant le jardin de la cour d'honneur. Quatre carrés d'herbe, parfaitement taillés, et au centre un bassin d'eau bleu azur dans lequel il se tremperait volontiers les pieds si ce n'était formellement prohibé. Géométrie parfaite, au cordeau, presque trop, pense-t-il, lui qui a grandi dans un méli-mélo de ruelles, d'impasses, de places ombragées, de maisons enchevêtrées et biscornues.

L'année passée, Viviane Sellier, sa professeure de français au lycée d'Aumale, avait lu en classe ce qu'Alexandre Dumas, le créateur des *Trois Mousquetaires*, écrivait sur le quartier juif de

Constantine. Alfred avait minutieusement recopié ces lignes sur son cahier, tant la description lui semblait juste : « Un inextricable réseau de ruelles où s'étend un labyrinthe de constructions incompréhensibles ; des enfoncements qui semblent ouvrir des passages qui n'aboutissent à rien, des apparences d'entrées sans issues, des semblants de maisons dont il est impossible de distinguer les côtés et de désigner la face. »

Un joyeux désordre, en vérité, dans lequel les Européens, de l'autre côté d'une ligne invisible traversant la ville, ne s'aventurent guère. À Janson, Alfred entre en terminale pour préparer la deuxième partie de son baccalauréat. Dans la classe, devant des élèves au garde-à-vous, le proviseur le présente comme un espoir de la natation tout droit débarqué d'Algérie. Autant dire un métèque un peu spécial. Il a les cheveux noirs épais, les sourcils broussailleux, le teint mat, et un torse si musclé que sa chemise manque de craquer au moindre mouvement.

— Je compte sur vous pour que monsieur Nakache s'adapte au mieux à sa nouvelle vie parisienne, ordonne M. Legrand.

Puis le proviseur se lance dans une petite interrogation improvisée.

— Qui peut me parler de l'Algérie ?

— Département français ! hurle un élève.

— Et depuis quand ?

— 1870 !

— Vous relirez vos cours, mon ami. Cette belle aventure a commencé en 1830, il y a tout juste un siècle.

Cette histoire, Alfred la connaît sur le bout des doigts. À Constantine, impossible de faire un pas sans tomber sur une statue d'un des héros de la conquête. Héros, c'est du moins comme ça qu'on les présente. Combien de rues, de places, d'avenues portent le nom de ces militaires français venus soumettre ce coin de Méditerranée ? Le duc de Nemours, fils de Louis-Philippe, le colonel Lamoricière, qui a donné l'assaut, les généraux Caraman, Damrémont, tous ont leurs statues dans la ville. Fiers, dominateurs, sculptés pour l'éternité. Celle de Lamoricière est gigantesque, sabre au clair, avec, à sa base, un soldat qui sonne le clairon. La vérité, Alfred le sait, est moins glorieuse. Mme Cherki, sa professeure d'histoire, un jour où sa classe visitait les hauts lieux de Constantine, le lui avait glissé :

— La prise de la ville, en octobre 1837, fut sauvage. Un massacre. Un bain de sang.

— Comment ça ?

— N'oublie jamais que sous la pression des soldats français les indigènes ont attaché sommairement des cordes aux remparts pour descendre à flanc de falaise dans les gorges du Rummel. La descente a tourné à l'enfer. Une à une, les cordes ont rompu et les hommes se sont écrasés par centaines sur les rochers.

Non, Alfred n'oublie pas. Son attachement à Constantine transcende les communautés qui constituent cette ville cosmopolite. Musulmans, juifs, catholiques, tous sont d'abord constantinois. Dans les jardins du lycée, Alfred essaye d'adopter la meilleure posture qui soit : décontracté, souriant, prompt, comme ses frères, à quelques traits d'humour. Un élève de petite taille, affublé de lunettes rondes qui lui donnent des airs d'intellectuel, le prend très vite en sympathie. Il s'appelle Émile, il habite le quartier, il est fils et petit-fils de boulangers. Son grand-père a commencé le métier au Havre dans le plus beau palace de l'époque, l'hôtel Frascati.

— C'est là, lui dit-il en marchant dans les allées, qu'a débuté la mode des bains de mer. Sur la grande plage du Havre ou aux pieds des falaises d'Étretat, les femmes arrivaient au bord de l'eau dans des roulottes tirées par des chevaux. Après ça, des hommes forts les portaient dans leurs bras et les plongeaient dans la flotte. Mon grand-père appelait ça le bain à la lame.

Émile ne cherche pas à faire le malin ni à étaler sa science, juste à partager. Un bon caractère, généreux comme Alfred les aime. Il avoue être nul en gymnastique et nager comme un crapaud, mais se dit passionné par le sport. Son père lui achète chaque semaine *Le Miroir des sports* dont il découpe religieusement les meilleurs articles en les classant par discipline.

— C'est le football et la boxe que j'aime le plus ! s'exclame-t-il. De temps en temps, mon père m'emmène à Colombes pour les matchs du Cercle athlétique de Paris et à la salle Wagram pour voir boxer Marcel Thil. Lui, c'est vraiment mon idole. L'homme « aux poings de fer ».

— Moi, j'aimerais tellement voir Henry Armstrong sur un ring ! J'adore les Ricains. Et la natation, tu connais ?

— Mal. À part Jean Taris, évidemment, le premier nageur français à avoir nagé le 100 mètres nage libre en moins d'une minute.

— Oui, c'est le plus grand. Huit records du monde en deux ans. Celui-là, il finira par nous décrocher une médaille d'or aux Jeux olympiques.

— Il a bien failli non ?

— L'année dernière, aux Jeux de Los Angeles, il s'en est fallu d'un poil. Aux 400 mètres nage libre, ça s'est joué à un dixième de seconde face au bel Américain Buster Crabbe, l'idole des femmes[1].

— Tu en rêves, toi, des Jeux ?

— Trop tôt pour y penser, un jour peut-être.

— J'en fais le pari, moi ! s'enflamme Émile. Si ça se trouve, tu seras le seul médaillé d'or à qui j'aurai serré la pogne.

Dans ses yeux, Alfred lit plus que de la bienveillance : de l'admiration. Ce n'est pas pour lui déplaire. Émile deviendra son ami en toutes circonstances, comme le sont les vrais amis. Mais à Janson-de-Sailly d'autres, en le croisant, n'ont pas la même lumière dans les yeux. Le regard, même, vire au noir. Il est juif. Et ils n'aiment pas trop les juifs, il le sait bien. Plusieurs fois, il affronte leurs sarcasmes, leurs insinuations, leurs insultes. Ils ne sont pas les plus nombreux, mais leurs coups font mal. Celui-là qui singe sa démarche en avançant en canard, les pieds à l'extérieur, cet autre qui détourne son nom pour le moquer – Alfred Cache-Cache… qui veut jouer

1. Buster Crabbe, futur Tarzan à l'écran.

à cache-cache avec Alfred ? – puis poursuit sa route dans un grand éclat de rire.

Le plus souvent, c'est juste un *juif, juif*, susurré sur son passage dans un couloir bondé d'élèves, sans qu'il puisse identifier de quelle bouche cela provient. Un bruit de serpent. Plus sournois mais plus violent encore. De ça, de la haine des juifs qui ne cesse de grandir en Europe, son père l'avait prévenu. *Garde la tête droite et toujours le sourire, mon garçon*, c'est le seul conseil qu'il lui avait donné. Alors il sourit, joue l'indifférence ou l'étonnement amusé, réprimant ces petits pincements qui lui serrent le cœur. Souvent il se surprend à tirer la langue, comme un gamin, comme il le faisait avec ses frères quand ils l'énervaient. Il tire la langue et fait des yeux tout ronds. *Face aux cons, autant faire le clown.*

Parfois, Émile l'accompagne à l'entraînement, dans la piscine du Club nautique de Paris. Avec, toujours sous le bras, *Le Miroir des sports*. Le ballet des nageurs semble l'enchanter. Il peut admirer le grand Jean Taris, leader incontesté du crawl qui devient pour Alfred plus qu'un modèle, un parrain. Quand Alfred passe à la hauteur d'Émile, il aperçoit sa tête qui fait l'essuie-glace : un coup d'œil à sa ligne d'eau, un autre à la rubrique foot de ses magazines. Alfred l'envie d'être ainsi, tranquille comme Baptiste, à peaufiner sa science du ballon rond, pendant que lui, pendant des heures, s'asphyxie à la surface de l'eau.

Au sein du club aussi, il sent qu'il n'a pas que des amis. Jacques Cartonnet, en particulier, le leader de la brasse. Dans l'équipe, tout le monde l'appelle « Carton ». Un nageur aussi long et fin qu'Alfred est trapu et musculeux. Sa nage est souple et gracieuse. On dirait même qu'il ne tire jamais sur les bras. Quand Carton sort de l'eau, il est à peine essoufflé. Avec nonchalance, il enfile un peignoir, se recoiffe en tenant un petit miroir d'une main, puis entame des conversations avec cet accent un peu snob qui fait passer tous les autres pour des ploucs. Carton – Alfred l'a lu dans plusieurs articles – est issu d'une famille de la grande bourgeoisie parisienne. Et, manifestement, il ne manque pas une occasion de le rappeler. Comme il n'oublie jamais, devant son public, de toiser Alfred :

— Tu viens d'où, déjà, toi ? Je ne savais pas qu'on apprenait à nager au bled...

Pauvre imbécile. Alfred ne lui tire pas la langue, même si l'envie le démange, se contentant, comme le préconisait son père, de lui renvoyer son plus beau sourire. Mais au premier regard il a su. Il a su que de lui viendraient un jour de possibles ennuis.

*

Parallèlement aux entraînements, Alfred entame une formation pour obtenir son diplôme de moniteur de gymnastique. Un peu de théorie, beaucoup de pratique, et la perspective de gagner enfin sa vie. Mis à part les breloques, ses victoires ne lui rapportent pas un sou. Et les provocations répétées de Cartonnet commencent à le miner. Combien de fois se plaint-il de crampes au ventre ? Souvent, en marchant, il répète les mots de démission qu'il adressera au grand chef de la natation française. *Je me suis trompé, je vous prie d'accepter mes excuses, la pression est trop forte.* Seulement voilà, deux jours au sec, sans bassin, et la sensation de la glisse le démange. C'est physique. Il est comme une plante desséchée, ratatinée sur elle-même, qui attend d'être arrosée pour retrouver sa vigueur, sa vitalité, ses couleurs. La vitesse, oui, le grise. En crawl, et depuis peu, en brasse papillon, cette discipline réservée aux forts, aux balaises, aux briseurs de flotte, dont il pressent qu'elle pourrait devenir sa drogue. Nakache n'a peut-être pas l'élégance de Carton, le grand styliste, l'artiste des bassins, il n'est peut-être qu'un laboureur des bassins, mais plus il nage, plus il va vite, avalant l'eau, tapant la vague, larguant un à un ses adversaires pour se fracasser sur le mur d'arrivée. *Qui sait, Cartonnet ? Un jour, le plouc de Constantine, le petit juif de Kabylie, te laissera sur place avec ton arrogance de bien né…*

Paule, printemps 1934

Et si c'était le plus beau jour de sa vie ? Paule a pris sa décision. Elle a convaincu ses parents de la laisser partir à Paris, chez son grand-oncle Mickaël, chirurgien orthopédiste à l'Hôtel-Dieu, sur l'île de la Cité. Mickaël et sa femme Maud habitent rue du Faubourg-Saint-Antoine, près de la Bastille, dans un grand appartement bourgeois. Une réussite qui fait la fierté de tous de l'autre côté de la Méditerranée. Paule y aura sa chambre. Spacieuse. Comme Alfred, elle suivra ses études à Paris et deviendra professeure de sport. Elle lui a écrit ces mots sur une jolie carte avec un âne au premier plan et, tout au fond, les vallées profondes et le bassin de Sidi M'Cid.

Mon Alfred, c'est chose faite, je pars te rejoindre. Papa et maman croient en nous. Leur admiration pour toi n'a d'égale que la mienne. Infinie. Je veux être à tes côtés, rire avec toi, te soutenir. Je veux être ta femme pour toujours.

Quelques mois plus tard, devant le bâtiment de l'École normale supérieure d'éducation physique, ils se retrouvent enfin. Étreinte de deux adolescents qui ne sont pas encore tout à fait adultes mais qui se projettent ensemble dans l'avenir, sûrs de leur destin. Après les cours, ils prennent l'habitude d'aller marcher dans les jardins du Trocadéro ou au parc Monceau. Il lui parle de natation, des espoirs qu'on fonde en lui, de ses prochaines compétitions, du plaisir extrême que lui procurent la glisse et la vitesse, mais aussi de ses doutes de plus en plus fréquents qui le taraudent jusqu'à vouloir tout arrêter.

Comme à elle, Constantine lui manque. Constantine l'inquiète. Le 5 août 1934, leurs familles ont tremblé : le quartier juif a été assiégé par des musulmans déchaînés. Vingt-cinq morts dans la communauté juive, dont six femmes et quatre enfants, plus de deux cents magasins saccagés. Rue Abdallah-Bey et rue des Zouaves, deux familles ont été massacrées au couteau dans leur appartement. Les émeutes ont gagné Aïn Beïda, Sétif et plusieurs villages de l'Est. Tout ça, lui raconte Rose, sa belle-mère, dans une lettre bouleversée, parce qu'un juif éméché aurait insulté un musulman au moment de la prière. « Et dire, écrit-elle, qu'à Kar Chara on entend aussi bien les cloches de la cathédrale que les appels des muezzins sur leurs minarets blancs ! Que devient notre histoire ? J'ai peur, mes enfants, que notre quartier porte bien son nom : au bord du gouffre... »

Le 5 août, oui, pour tous les juifs constantinois, marque une rupture. Une partie de leur monde s'effondre avec ce premier pogrom commis sur le sol algérien. Une violence collective jusque-là inimaginable et qui peut ressurgir à tout moment. Depuis plusieurs semaines, Alfred recevait les échos d'une tension nouvelle entre juifs et musulmans. Avec l'onde de choc de la crise de 1929, les paysans et les petits boutiquiers arabes se sont paupérisés et une rancœur s'est développée contre les grossistes censés tirer leur épingle du jeu. Or la plupart d'entre eux sont juifs. L'administration française aurait décidé également de supprimer des permis de chasse aux musulmans, laissant les juifs s'équiper librement de fusils.

Dans l'esprit de certains, comme celui du Dr Bendjelloul, charismatique tribun musulman de Constantine, on assiste à un renversement de l'ordre fixé pendant des siècles par le statut de *dhimmi*[1], le sentiment que les juifs sont désormais placés au-dessus des musulmans et profitent de ce statut pour mépriser l'islam. Ajoutez à cela les sorties d'Henri Lautier, antisémite pathologique remontant les musulmans contre les juifs et couvrant les murs de la ville de « Constantine = Youpinville », et tout est réuni, à la première escarmouche, pour faire exploser l'harmonie *andalouse* chérie par Rose et par l'immense majorité des Constantinois[2].

1. Droit à la fois discriminatoire (paiement d'un impôt) et protecteur (liberté de culte) qui s'appliquait aux sujets non musulmans, principalement juifs et chrétiens, d'un État sous gouvernance musulmane. Ce droit est alors aboli mais reste très présent dans les mentalités.
2. Au recensement de 1931, Constantine compte 51 445 musulmans, 36 092 Européens et 12 058 israélites.

Assis sur un banc qui donne sur la rotonde, à l'entrée du parc, Alfred se laisse submerger par un sentiment étrange, mélange de tristesse et d'abattement. Une douleur violente lui noue encore l'estomac. Et, pour la première fois depuis son départ d'Algérie, des larmes coulent sur son visage. Il déteste pleurer, encore plus devant les autres. Mais là, il ne chiale pas, il se liquéfie. Un torrent d'eau salée, un barrage qui lâche, un flot immaîtrisable. Il hoquette comme un enfant, entouré d'une colonie de pigeons roucoulants et indifférents. D'où vient ce flux ininterrompu ? Il se sent minable. Une poule mouillée, disait son cousin. Il avait bien raison. Paule se rapproche de lui, sort un mouchoir, essuie délicatement ses joues. Mieux que quiconque elle comprend ce sentiment de déracinement qui l'habite. Seuls les exilés de longue durée, qui fuient leur terre pour sauver leur peau ou, comme lui, qui poursuivent un rêve plus grand qu'eux, connaissent cet état de flottement et de solitude qui les laisse sans boussole. Brûlures du silence.

De sa voix douce, elle lui susurre à l'oreille :

— Alfred, combien de garçons ou de filles autour de toi rêveraient de s'accomplir dans une activité où ils excellent ? Tous ! Et tous, le soir dans leur lit, se maudissent de ne pas avoir de talent suffisant, ou, quand ils en ont un, de ne pas avoir l'énergie, la constance, la persévérance d'aller au bout. C'est une chance, Alfred, une grande chance que tu as, et les gens qui t'acclameront au bord du bassin vivront à travers toi ce qu'ils auraient aimé réaliser. Moi la première.

— Tu es gentille, Paule.

— Je le pense vraiment. Tu connais la parabole des talents : Qu'as-tu fait de ton talent ?

— Jamais entendu.

— Je t'apporterai le texte demain. C'est une parabole chrétienne dont une amie m'a parlé. Elle signifie que chaque enfant de Dieu doit faire fructifier ses aptitudes, pour lui-même mais surtout pour les autres.

Puis dans un éclat de rire, elle ajoute :

— Tu vois, moi, mon seul talent, c'est de t'avoir rencontré !

Le roi de l'eau

Ce dimanche après-midi, c'est dans l'allée ombragée du jardin du Luxembourg qu'ils se promènent, s'arrêtant devant les serres pleines d'arbres fruitiers qui leur rappellent les orangers de Constantine, et filant vers le bassin où ils admirent les bateaux miniatures guidés, cahin-caha, à l'aide d'un bâton, par les enfants du quartier. Le studio des Ursulines, où ils se rendent, est tout proche. Le film qu'ils ont choisi n'est ni une belle histoire d'amour, ni la désopilante *Soupe au canard* des Marx Brothers servie depuis peu au public français, mais un court documentaire sur l'idole et compagnon de bassin d'Alfred, Jean Taris. C'est un jeune cinéaste en vogue à Paris, Jean Vigo[1], qui s'est intéressé au « roi de l'eau », comme il le nomme. Dans les piscines parisiennes, tout le monde parle de ce

1. Jean Vigo, mort à vingt-neuf ans, est l'auteur de deux films cultes, *Zéro de conduite* et *L'Atalante*. Parmi ses premiers spectateurs, François Truffaut dit lui « devoir son regard ».

film en grande partie tourné sous l'eau dans le bassin de l'Automobile Club. Une première dans le monde du cinéma. À leur tour, serrés l'un contre l'autre, Paule et Alfred assistent à neuf minutes d'images superbes et pleines d'humour.

Le scénario écrit par Vigo semble hésiter entre parodie, exercice d'admiration et apprentissage de la nage. À l'écran, l'arbitre des bassins est affublé d'un mégaphone géant, volontairement ridicule, qui arrache un sourire à Alfred. « Allô, allô ! hurle l'homme en costume. Au départ : Jean, détenteur de vingt-trois records de France, toutes distances de 100 à 1 500 mètres, recordman du monde des 800 mètres... Attention, prêt ?... » Et le coup de feu qui claque. Et Jean qui enchaîne les longueurs à cent à l'heure dans une eau mouvante aux reflets argentés. Puis, avec facétie, Vigo fait ressortir du bassin le grand champion en marche arrière, comme s'il rembobinait sa pellicule. Revoilà Jean, sur le plot, qui, face à la caméra, offre une leçon de natation aux spectateurs néophytes.

À propos du profil type du nageur, Taris l'assure avec une autorité amusée : « L'eau est son domaine comme celui du poisson. Sans doute a-t-il quelques mouvements à connaître, mais il lui suffit de se mettre à l'eau. On n'apprend pas à nager en chambre. Pour ma part, j'utilise le crawl, dont le nom signifie *ramper*, et qui permet la nage de fond en souplesse comme la nage de vitesse. » Alfred se régale des paroles de son maître. Humbles, précises, piquées, parfois, d'autodérision. Pour l'enfant de Constantine, Paris rime avec Taris, il répète la formule dans les journaux. Les conseils de Taris, il les suit à la lettre. *Au départ, poussée violente des jambes, détente des bras, prendre contact avec l'eau presque à plat...*

Dans la pénombre du studio des Ursulines, lorsque le mot « fin » s'affiche en gros caractères sur l'écran, Paule est toujours lovée dans les bras d'Alfred. Aucun des deux n'a envie de se lever.

— Et si, dit-elle, on s'offrait une deuxième séance ?

*

À chaque entraînement, Alfred applique, retient, jusqu'à talonner son maître. Aux championnats de France de septembre 1934, à la piscine des Tourelles, à Paris, il termine deuxième en crawl, juste derrière lui, en 1 minute, 2 secondes et 4 dixièmes. La performance lui vaut une première sélection en équipe de France et les grands titres de la presse. « Le dompteur Taris, lit-on dans *L'Auto*, sur le point d'être dévoré par le lion Nakache, sut éviter le coup de patte du dangereux animal et finalement le dompter. » L'année suivante, à Bordeaux, le 21 juillet 1935, Alfred le détrône et en a presque honte. Depuis ce titre, les portraits du jeune champion d'Afrique du Nord fleurissent dans les journaux, mi-admiratifs, mi-intrigués. Est-ce sa tête de métèque qui suscite la curiosité ? Sa façon, désormais, de tirer la langue à chaque fin de course – par dérision et non par provocation, comme certains journalistes l'écrivent ? Ou bien plutôt est-ce sa nage sans grâce, sa nage de déménageur, moche mais ultra-rapide, qui étonne et rebute les esprits fins de la natation ? Peut-être un peu des trois.

Dans les gazettes, le voilà croqué en cancre génial de la nage libre – c'est déjà ça. « Le champion au cran indomptable », lit-on sous la plume d'Émile-Georges Drigny, l'ancien nageur qui a organisé les épreuves de natation aux Jeux olympiques de Paris en 1924. Dans *Le Miroir des sports*, cette sommité le passe gentiment au scalpel : « Nakache n'est pas le produit d'une adaptation parfaite, d'une véritable mécanisation adaptée au meilleur style, car sa nage est loin d'avoir atteint la perfection : il doit sa valeur essentiellement à son tempérament de lutteur. » Et, pour ceux qui n'auraient pas bien compris, il remet ça : « Sans accorder ni apporter à l'entraînement trop de méthode ni de persévérance, Nakache compte surtout sur ses qualités morales. Sous un aspect désabusé et quelquefois nonchalant, le nageur nord-africain cache une volonté en tout point remarquable. » Paule découpe tout ce qui le concerne, s'enthousiasmant devant les titres élogieux et relativisant le moindre commentaire critique. Faire et laisser dire, c'est son credo. Et son bouclier. Peu à peu, Alfred gravit les échelons du succès et de la notoriété, multipliant les trophées et les médailles. Son entraîneur, Georges Hermant, ne cherche pas à corriger sa technique. Il a compris que son véritable atout, c'est la puissance. Et cette rage qui s'empare de lui quand il attaque la course.

Au même moment, une nage nouvelle émerge : le papillon. La technique consiste à donner une forte impulsion du bassin pour élever les épaules le plus haut possible et ouvrir au maximum les bras, puis, en retombant et en faisant onduler tout son corps, charrier vers l'arrière des paquets de flotte. Une suite de bonds dans l'eau, en quelque sorte. Seuls les nageurs les plus physiques parviennent à réaliser ce mouvement. La plupart s'effondrent au bout d'une longueur, littéralement asphyxiés.

— Cette nage va devenir dans le monde la plus spectaculaire et la plus populaire, répète l'entraîneur à Alfred. Elle a été faite pour toi.

Avril 1935.
La tentation de Tel-Aviv

Que fait-il ici, sous le soleil de Palestine, à Tel-Aviv, au milieu de milliers de sportifs juifs prêts à s'affronter dans la plupart des disciplines des Jeux d'été ? Pour Alfred, les Jeux olympiques de Berlin d'août 1936, confiés à l'Allemagne en 1931, deux ans avant que Hitler n'accède au pouvoir, sont encore un horizon lointain et incertain. Mais ce rassemblement sportif en Palestine, auquel il est invité par le mouvement sioniste, lui tient à cœur : les Maccabiades. Les deuxièmes de l'histoire, après celles organisées en 1932. Ces jeux ont davantage pour ambition de réunir les athlètes juifs du monde entier que de faire tomber les records. Mille trois cent cinquante sportifs venus de vingt-huit pays. Le Haut-commissaire britannique en Palestine, Sir Arthur Wauchope, a donné son accord à la condition que les athlètes arabes et les sportifs du mandat britannique puissent également y participer.

Pour Alfred, c'est à la fois un galop d'essai, un bain de lumière et de parfums qui réveille en lui les senteurs de Constantine, et l'adhésion au rêve d'une future terre juive en Orient. Une démonstration de force, aussi. Alfred en a souvent parlé, à Paris, avec des membres des Maccabi, ces clubs de sports juifs qui recrutent dans la classe moyenne. L'heure est à la rupture avec le cliché antisémite du « juif chétif, malingre et apeuré » grâce à une « culture du corps et de l'effort physique », et pas uniquement une « culture de l'étude ».

Alfred se souvient de l'étrange expression qu'avait utilisée un jour, à Constantine, un de ses oncles pour le pousser à se fortifier : « le judaïsme du muscle ». À l'époque, il n'avait pas compris grand-chose. Depuis, on lui a fait lire les écrits de Max Nordau, l'inventeur de cette doctrine calquée sur la *muscular christianity* des protestants : « Nous devons de nouveau devenir des hommes aux torses saillants, avec des corps d'athlète et au regard hardi, et nous devons élever une jeunesse agile, souple et musclée qui doit se développer à l'image de nos ancêtres, les Hasmonéens, les Maccabées et Bar Kokhba. Elle doit parfaitement être à la hauteur des combats héroïques de toutes les nations. »

Alfred, c'est le moins que l'on puisse dire, avec son corps taillé dans le roc, a retenu la leçon. Dans la piscine de Tel-Aviv, sous les hourras d'un public venu du monde entier, il décroche ce jour-là, comme une récompense de cet aller-retour plein de promesses, une belle médaille d'argent en nage libre.

Auschwitz. Dans les combles

Les corps décharnés qui s'avancent vers l'infirmerie n'ont plus rien d'humain. Les orbites des yeux se sont élargies, offrant un regard figé, sans expression, qui raconte bien plus que le drame : le néant.

Le professeur Robert Waitz est admirable de dévouement et de bienveillance. Le dispensaire dont il a la charge occupe six blocks, du 14 au 20, mais c'est au 18 qu'il concentre le plus de matériel. Alfred est fier d'être un de ses auxiliaires. Ensemble, ils cicatrisent des plaies, crèvent des abcès, des furoncles, apaisent les démangeaisons intenables produites par les maladies de peau. Ils ont aussi créé une filière pour voler du pain et de la marmelade de betterave. Ils les distribuent discrètement dans les blocks. Parfois, seulement, ils tentent de réconforter, d'un mot, d'une blague, ces âmes brisées.

Très vite, le professeur Waitz demande à Alfred de l'appeler par son prénom. À quarante-quatre ans, il en impose avec son front large, ses cheveux plaqués en arrière, sa grande blouse blanche. Il lui pose mille questions sur son histoire et cette phobie de l'eau qu'il a réussi à surmonter. Peu à peu, lorsque la salle de soins se vide, il se confie, lui aussi, sur la face clandestine de son parcours.

— Après la capitulation, tous les chercheurs et médecins de l'Université de Strasbourg se sont repliés à Clermont-Ferrand, en zone libre. C'est une belle région avec ses dômes couverts de neige, l'hiver, ses lacs gelés qui font penser aux immensités du Canada. C'est là qu'on a commencé à s'organiser.

— Dans un réseau ?

Il se rapproche, lui parle à l'oreille.

— Les Francs-tireurs d'Auvergne d'abord, puis les Mouvements unis de Résistance. J'en suis devenu le numéro deux. Après l'entrée de la Gestapo en zone sud, on a multiplié les sabotages. Et puis, voilà, je suis tombé dans une souricière. Le 3 juillet 43 au matin...

— Et vous êtes arrivés quand ?

— Le 10 octobre, convoi 60 depuis Bobigny.

Robert lui explique qu'à la demande des nazis il a monté un laboratoire d'analyses médicales. Et qu'ensuite seulement on lui a confié le dispensaire.

— Tu connais la loi, ici, Alfred. Les SS ne font pas de quartier avec les malades les plus graves qui ne servent à rien. Ceux-là, il faut essayer de les cacher, les soustraire à l'appel le plus longtemps possible pour leur épargner d'être abattus.

— Comment ?

Il lève la tête vers le plafond, fixe en souriant une fine entaille sur le côté droit.

— Les combles.

Alfred n'y croit pas. Il ne peut pas y croire. Le risque pour Robert est insensé. S'il est pris sur le fait, ou dénoncé, toute sommité de la médecine qu'il est, les SS l'exécuteront. Et pourtant, à plusieurs reprises, Alfred va l'aider à hisser des hommes dans cet espace de survie, si étroit qu'on ne peut y ramper qu'à quatre pattes, et plongé dans l'obscurité totale. Le temps pour Robert d'essayer de les remettre d'aplomb. Ou, à défaut, de leur offrir une fin moins brutale.

Décembre 1935

À la Coupole, boulevard du Montparnasse, une de leurs adresses préférées, Émile rejoint son ami Alfred avec le livre que vient d'écrire Jacques Cartonnet. Le titre est sobre : *Nages*[1]. Les trente-deux illustrations, magnifiques. Elles décortiquent le geste parfait de chaque nage, mais aussi les plongeons réalisés par une superbe nageuse aux cheveux blonds plaqués sur le front. *Le saut de l'ange sans élan, le coup de pied à la lune carpé avant, le tire-bouchon, le saut périlleux groupé ou carpé*... Les photos sont d'une grâce infinie.

— Il n'aurait pas trouvé sa Marlene Dietrich ? plaisante Alfred en feuilletant l'ouvrage. Elle a un côté ange bleu et vénus blonde, cette jolie créature, tu ne trouves pas ?

— Tu as raison, il a bien choisi son modèle. Pour le reste, je n'ai lu que la préface. Une « lettre à un ami inconnu ». Je ne suis pas sûr d'avoir tout compris...

1. Jacques Cartonnet, *Nages*, Gallimard, 1935.

Alfred lui arrache le livre des mains et lit les dernières lignes en sirotant son anisette.

« La lutte du corps contre l'eau réveille les vérités endormies, sans lesquelles le courage se résout en formules. Elle conquiert sur la lassitude d'exister et les déformations une perfection physique où se découvre la plénitude de l'être moral. Et, si elle pousse les hommes à se rencontrer sur les rives ou autour d'eaux prisonnières en des rectangles dallés, c'est qu'il y a place aujourd'hui pour une vie héroïque. »

— L'être moral, la vie héroïque, soupire Alfred. Mais c'est quoi, la vérité de cet homme ?

Paris, mars 1936

Georges Hermant a enfin rendu publique la liste des nageurs sélectionnés pour les Jeux olympiques de Berlin. Il les a prévenus la veille, un à un, dans son petit bureau qui jouxte le bassin de la piscine du Racing. Féru de techniques de natation, mais aussi de récits d'aventures et d'explorations, il a recouvert les murs boisés de son petit bocal d'étagères débordant de livres et de magazines.

Un passionné, Hermant. Un homme respecté, surtout, qui trouve toujours les mots pour encourager, féliciter ou consoler. Il se lève, contourne sa table, place une chaise à côté de celle d'Alfred, tire sur sa clope.

— Quel chemin, mon grand, quel chemin ! Dans trois mois, tes premiers Jeux. Tu la mérites cent fois, cette sélection. Ils vont jubiler du côté de Constantine.

Alfred sent ses joues s'embrunir, comme chaque fois que l'émotion l'envahit. Déjà, à l'école, quand on l'appelait au tableau, c'était comme ça. Et ça ne loupe pas, aujourd'hui, quand on lui demande de parler en public. La gueule cramoisie. Les mots qui s'embrouillent. Un désastre.

— Je vais essayer d'être à la hauteur. Merci. Merci pour tout.

C'est la seule phrase qu'il a trouvée. Du grand Nakache. Hermant a souri. Il a regardé en direction de la porte.

— Allez, file. Et au travail, Alfred. Si tu veux appeler tes parents, tu pourras utiliser mon téléphone.

Avant de retrouver Paule, chez son oncle, Alfred est passé chez le fleuriste pour acheter un bouquet de roses blanches. Vingt-deux, comme si, ce jour-là, il fêtait son anniversaire. Il s'est arrêté aussi chez le caviste de la rue de Seine. Cet amateur de champagne lui a recommandé un rosé de la maison Henriot. Alfred a sonné à la porte de l'appartement, les mains pleines. Paule lui a ouvert. Il lui a tiré la langue en faisant tourner ses yeux noirs comme des boules de billard. Le retour du clown. Elle a balbutié, les yeux écarquillés :

— Les Jeux ?

— Oui, les Jeux, mon amour. À Berlin !

Berlin… Leur joie est si grande qu'ils ne préfèrent pas y penser. À la capitale du IIIe Reich. Aux parades des nazis. Aux emportements de Hitler. Aux terribles lois de Nuremberg votées en septembre 1935 qui font des juifs allemands des étrangers dans leur propre pays. Là-bas, ils le savent, les professeurs juifs sont destitués. Tous les journaux en parlent. Depuis avril 1933, les juifs sont aussi exclus des clubs sportifs et des sélections dans les équipes nationales. Comme tout le monde, Alfred et Paule ont lu sur les affiches placardées dans les rues de Paris les appels au boycott : « Pas un athlète à Berlin ! » Des affiches qui rappellent que deux sportifs allemands ont été condamnés à la réclusion perpétuelle pour avoir osé dire que la liberté sportive n'existait pas chez eux. « Aller à Berlin, écrivent les signataires, c'est légitimer les cruautés hitlériennes. Ne pas aller à Berlin, c'est œuvrer à la fraternité des peuples et des races. Ne pas aller à Berlin, c'est renforcer la paix ! » Souvent, le soir, ils se laissent gagner par l'inquiétude. Mais, comme la plupart des juifs qu'ils fréquentent, ils veulent rester optimistes.

Si la France a renoncé à boycotter les Jeux, c'est qu'elle a ses raisons. Les Jeux d'hiver, à Garmisch-Partenkirchen, en février, se sont bien passés. La délégation française est revenue ravie. Pierre de Coubertin lui-même assure que l'esprit olympique est respecté par Hitler. Quant à la tentative des mouvements ouvriers français et espagnols d'organiser des « Olympiades populaires antifascistes » à Barcelone, elle a finalement échoué avec l'annonce d'un soulèvement militaire dans toute l'Espagne. Les sportifs et visiteurs étrangers, dont les soixante-dix membres du Yiddischer Arbeiter Sport Klub (YASK) de Paris, ont été rapatriés en urgence par bateau spécial.

Le mieux alors, pense Alfred, est d'oublier les mots hideux de ce petit caporal devenu dictateur, sa rigidité de pantin et ses yeux de fou. Il faudra faire comme s'il n'existait pas. Se répéter que ce n'est que du sport. Le plus beau et plus rayonnant des événements sportifs. Se dire, surtout, que, contre toute attente, un petit juif de Constantine a été préféré à Cartonnet.

Berlin, août 1936

Le 1er août, jour de l'inauguration des Jeux, dans l'immense stade olympique, ils ne font pas le salut nazi, bras tendu à l'horizontale, veste bleue et pantalon blanc, mais le salut olympique, qui lui ressemble. Hitler est-il encore dans la tribune ? De là où ils sont, impossible de le savoir. S'il les regarde, le Führer doit se délecter de cette soumission générale. Mais eux, dans leurs têtes, se réjouissent de lui jouer un mauvais tour.

Depuis leur arrivée à Berlin, les athlètes français sont sidérés par la démesure qui les entoure. Ce stade de cent mille places, bien sûr, mais aussi le village olympique ultra-moderne qui héberge les quatre mille quatre cents sportifs et les trois cent soixante sportives sélectionnés. La presse française se pâme devant l'organisation millimétrée de ces onzièmes Olympiades. Deux mille huit cents journalistes sont présents. Pour la première fois dans l'histoire, un direct radiophonique est offert à cent cinq radios étrangères en direction de trois cents millions d'auditeurs dans le monde. Dans les journaux, les chroniqueurs restent ébaubis devant la grandeur architecturale de la capitale du Reich : larges avenues pavoisées de croix gammées, bâtiments gonflés d'orgueil, comme cette tour géante équipée d'une cloche olympique en bronze, sculptures monumentales. Tout ce décorum, au contraire, paraît affreusement triste à Alfred. La ville inquiète, surtout, avec ces patrouilles motorisées et ces défilés de soldats casqués aux gants blancs qui martèlent le pavé au pas de l'oie. Sinistre ballet qui doit faire peu de place à la liberté. Encore moins à la rigolade.

Pour Alfred, d'ailleurs, ça ne rigole pas vraiment. Patraque, le ventre ballonné, il doit renoncer, le 8 août, au quart de finale du 100 mètres nage libre. Une épreuve où il avait toutes ses chances. Avec ses camarades, Talli, Cavalero et Jean Taris, son idole, ils misent tout sur les courses de relais. Le 12 août, c'est l'épreuve du 4 x 200 mètres nage libre. La dernière occasion de rapporter une médaille. Mais, dans l'immense piscine olympique, face à des milliers de spectateurs, les choses ne se passent pas comme ils voudraient. Eux non plus ne sont pas au mieux de leur forme. Le podium leur échappe d'une microseconde.

Quatrièmes. La plus mauvaise place. Derrière les Américains, les Japonais et les Hongrois. Seule satisfaction : dans un climat de rivalité exacerbée, ils battent les Allemands[1].

---

1. Des Allemands qui sont les grands vainqueurs de ces Jeux olympiques de Berlin, avec quatre-vingt-neuf médailles, dont trente-trois en or, détrônant pour

*

Dans l'avion qui les ramène au Bourget, Alfred passe une bonne partie du voyage à côté du boxeur Roger Michelot, médaille d'or en mi-lourds, tout comme son compère Jean Despeaux, dans la catégorie poids moyens. Deux médailles d'or pour le noble art, sur les sept décrochées par les Français ! Pour l'amoureux des rings qu'il est, de quoi compenser le maigre bilan des nageurs : zéro breloque.

Michelot, lui aussi, a battu un Allemand en finale, Richard Vogt. Un combat magnifique auquel il a assisté avec Taris, et dont le film n'est pas près de s'effacer de leurs mémoires. Et ça aussi, ça les ravit.

— Paraît qu'Hitler était furieux ! rigole encore Michelot.

— Tu as vu ? Vogt est monté sur le ring avec la ceinture olympique autour de la taille.

— Trop sûr de lui, ce gars. Il m'a battu il y a quatre ans, en demi-finales, à Los Angeles. Il a

---

la première fois les Américains (cinquante-six médailles, dont vingt-quatre en or). Malgré ses victoires en boxe, en lutte et en haltérophilie, la France ne termine qu'à la sixième place, déchaînant un concert de critiques dans la presse. Dans *L'Auto*, Gaston Meyer et Jacques Goddet ironisent : « Sport à la française, sport du bon plaisir. Conception insouciante, débraillée et aventurière, sans commune mesure avec l'approche scientifique et la discipline des Allemands. » Dans *Miroir du monde*, José Germain porte l'estocade : « Au plus secret de son cœur émouvant, la France nourrit toujours une grande espérance : la victoire par miracle. »

une tête de plus que moi, des muscles d'acier. Pour lui, l'affaire était pliée.

— En natation, j'en connais aussi des fiers-à-bras. Qu'est-ce que tu lui as mis, mon Dieu ! Tu bougeais mieux que lui, on l'a tout de suite vu.

Michelot tend à Alfred le journal *L'Auto* fraîchement imprimé.

— Lis ça.

« Troisième reprise. Les Allemands applaudissent frénétiquement leur favori. Vogt ne se laisse pas manœuvrer et il refait une partie de son retard. Joli échange où Michelot se montre plus adroit, et Vogt plus ardent. Un magnifique droit du Français arrive à son but : la mâchoire de l'Allemand. Et c'est le coup de gong. Michelot vainqueur ! »

— Tu vois, Roger, moi, dans l'eau, je suis plutôt du genre bagarreur. Va falloir que je travaille l'adresse.

Michelot, complice, lui tapote l'épaule. Il tient fort sa médaille dans la main. En rejoignant sa place, Alfred le voit, collé au hublot, sourire à la mer de nuages.

Décembre 1936.
L'heure du duel

À l'entraînement, Jacques Cartonnet toise Alfred avec une morgue inhabituelle. Il a décidé de ne plus adresser la parole à celui qui a été retenu pour les Jeux olympiques de Berlin. Il ne lui parle plus mais ne le lâche pas du regard. Regard de faux-cul. En biais. *Qu'il choisisse de m'ignorer un bon coup, ce sera plus simple !* Qu'a-t-il contre Nakache ? À l'évidence, le camouflet de Berlin ne passe pas. La peur, aussi, d'être définitivement destitué par un métèque à la nage grossière, lui, l'artiste des bassins dont les portraits flatteurs s'étalent encore dans les journaux. Il faut les lire, tous les papiers à la gloire de Carton. Des déclarations d'amour. « Jacques Cartonnet. Grand : 1,79 mètre. Admirablement proportionné : 79 kilos. La puissance de sa cage thoracique n'exclut pas une belle finesse de lignes. » Ou mieux : « Des yeux pâles, un sourire presque innocent, une voix qui coule lentement. Un torse de colosse et des muscles à profusion. Tête de garçonnet sur un corps de cyclope. » *Peut-être, tout simplement, qu'il ne supporte pas les juifs*, songe Alfred. Cartonnet se garde de s'aventurer sur ce terrain, mais son mépris transpire à grosses gouttes.

Alfred le sait : il ne doit pas se laisser dévorer par cet être insaisissable. Il décide de le provoquer. À la loyale. En allant le chercher dans la discipline où Carton excelle depuis des années : la brasse. Alfred annonce même ce duel à la presse. Après tout, la meilleure défense, c'est l'attaque. Il propose un 100 mètres. Un sprint. À ceux qui s'en étonnent, il répond dans *Paris-Soir* : « On a crié à l'insolence quand j'ai annoncé mon désir de rencontrer Jacques Cartonnet sur 100 mètres brasse. Certes, je sais que l'aventure est périlleuse, mais j'aime les aventures. Celle-ci me plaît encore davantage que les autres à cause des risques qu'elle présente. » À la lecture du quotidien, Carton, qui ne lui disait plus un mot, sort de ses gonds. À croire qu'il a oublié toute sa bonne éducation. Furibard, dans les vestiaires, il lance à Alfred, en collant sa gueule sur la sienne :

— Tu veux faire le malin ? Demain, tu seras la honte de la natation française. Tu n'auras même plus le courage d'ouvrir un journal.

Il l'écoute sans rien dire. *Pense à ton père, Alfred, laisse glisser les insultes.* Le jour de la compétition, dans le magnifique bassin de la piscine Neptuna, boulevard de Bonne-Nouvelle, il sait que tout le monde l'attend. Le duel Nakache-Cartonnet fait la une de la presse sportive. Ce ne sont pas les gros titres des combats de boxe, mais tout de même. Des centaines de passionnés dans les gradins, des reporters de la radio, des députés, des ministres, lui dit-on. Le gratin, quoi. Mais seul le regard confiant de Paule lui importe. Il veut gagner pour elle. Il va gagner pour elle.

Son départ est parfait. Il y met toute son explosivité. Sa puissance. Sur la ligne d'à côté, Carton allonge mais accuse une demi-seconde de retard, peut-être même une seconde. Il ne reviendra pas. C'est son jour, sa course, la réponse à son arrogance. Ses poumons sont gonflés au maximum. Il perçoit la rumeur de la foule qui pousse, encourage. Flot de cris et d'applaudissements qui éclatent comme des bulles dans ses oreilles. Est-ce bien pour lui ? Il sent ce public acquis à sa cause. La cause du challenger. Du drôle de nageur. Il donne tout dans les derniers mètres. La piscine n'est plus qu'une énorme caisse de résonance. Il ne distingue plus un son. *Encore une brasse, Alfred...* Il tape contre le mur, sa tête émerge de l'eau, ce ne sont que vivats autour de lui, foule debout, pupilles braquées sur lui. Et le visage radieux de Paule qui, soudain, se détache, aussi nette que dans l'œil d'un photographe.

— Nakache, vainqueur en 1 minute, 12 secondes et 4 dixièmes !

Record de France pulvérisé. Alfred savoure ce court moment d'éternité. Ce n'est pas une revanche. Juste une mise au point.

Octobre 1937

Ce matin-là, dans sa chambre de pensionnaire à Janson-de-Sailly, Alfred reçoit un colis qui lui réchauffe le cœur. À l'intérieur, les trois 78-tours que Cheikh Raymond a enregistrés pour le label constantinois Diamophone. Un cadeau de l'artiste que personne n'avait ébruité. Un petit mot manuscrit accompagne les vinyles : « Comme toi sur tes lignes d'eau, mon bon Alfred, mes doigts courent sur les cordes de mes instruments. Continue d'enchanter les parisiens. Ton ami enfin "gravé" sur un disque. »

Aux premières notes d'oud et de violon, le voilà revenu dans la cour fleurie et parfumée du foundouk Ben-Azéim. La voix de Raymond l'enveloppe, le ramène dans la ville de son enfance, tout en rendant l'absence et la distance un peu plus douloureuses. Absence des taquineries de ses frères, de la cuisine riche et parfumée de sa grand-mère, des pique-niques au soleil. Plus un jour désormais sans qu'une mélodie de Cheikh Raymond ne vienne trotter dans sa tête.

Paris, décembre 1937

À la piscine des Tourelles, avenue Gambetta, monumental bâtiment érigé pour les Jeux olympiques de 1924, Jean Taris est déjà installé dans le luxueux bar lambrissé de bois clair qui domine le bassin, son livre à la main, quand Alfred débarque enfin, grand sourire. Voilà déjà plusieurs mois que Taris a mis un terme à sa carrière. Le temps d'écrire un petit recueil de souvenirs, *La Joie de l'eau*[1], qu'il tient à offrir à son poulain.

— On aurait peut-être dû choisir un autre endroit, lance Taris, guilleret.

— Parce que ? bredouille Alfred.

— Quoi ! Tu as oublié ? C'est le jambon de leurs maudits sandwichs qui nous a plombés aux JO de Berlin. Toute l'équipe en avait mangé et s'est tenu le ventre pendant des jours. Tu bois quoi, mon grand ?

1. Jean Taris, *La Joie de l'eau. Ma vie, mes secrets, mon style*, Les Œuvres françaises, 1937.

— Comme vous, un ballon de rouge, répond Alfred qui, malgré les invitations répétées de Jean, n'a jamais réussi à le tutoyer.

— Tiens, c'est pour toi, poursuit Taris en tendant son livre. Jacques Cartonnet ne sera plus le seul à remplir les librairies...

— Il va très mal le prendre, persifle Alfred.

— Tu n'apprendras pas grand-chose sur la technique, mais je m'y raconte un peu plus. Si ça peut faire des émules...

Dans le regard des deux hommes, aucune marque de hiérarchie, mais l'expression amicale d'une complicité. Celle qui lie deux nageurs qui connaissent le vrai prix de la victoire.

— La presse regrette votre départ, Jean.

— Je sais, je sais, mais il faut suivre son instinct. Je quitte le sport, non parce que je ne l'aime plus, mais parce que je ne veux pas, un jour, risquer de ne plus l'aimer.

— C'est-à-dire ?

— Il n'y a rien de plus triste que le vieux champion qui se fait battre par tout le monde parce qu'il n'est plus ce qu'il a été, parce qu'il n'a pas voulu désarmer. Il ressemble un peu à ces vieilles dames qui continuent à minauder quand l'heure est passée, continue-t-il, taquin. Allez, trinquons à la joie de l'eau ! Et à tes futurs records !

Alfred feuillette rapidement le livre parsemé de photos du champion décomposant le mouvement idéal du crawl. Il parcourt quelques lignes du premier chapitre. *Si tous ceux qui prétendent que je suis un être à part m'avaient vu il y a quelques années. J'étais un adolescent mal bâti, maigre, fluet, mince, étroit d'épaules, d'allure chétive...*

— Vous ne vous sentiez pas fait pour la natation ? s'étonne Alfred en relevant la tête.

— J'étais aussi peu destiné à faire un athlète que Rigoulot[1] à chasser les papillons. Je vais te faire un aveu : au lycée, j'étais tellement malingre et mal bâti qu'on m'appelait l'Aztèque.

— Et moi, on se moquait parce que j'avais peur de l'eau.

— De mon côté, ça risquait pas. J'avais une passion pour la flotte. Petit, je pouvais y rester des heures. Au départ, je voulais faire du rugby. Logique, tous les maigrichons veulent pratiquer des exercices violents ! Nous sommes allés voir un match avec mes parents et, patatras, un joueur s'est cassé la jambe devant nous. Ma mère en a conclu : « C'est bien, tu ne feras pas de rugby. »

Alfred se rend compte qu'il n'a jamais osé poser des questions personnelles à son idole

— Et pour la compétition, vous avez eu un déclic ?

— Certainement pas le directeur de mon premier club. En me voyant nager, il a laissé tomber : « Celui-là ? Inutile de le pousser. Il ne fera jamais rien. » Non, l'étincelle, mon grand, s'appelle Weissmuller, Johnny Weissmuller[2].

---

1. Charles Rigoulot, haltérophile, coureur automobile et catcheur français.

2. Nageur au palmarès exceptionnel – cinquante-deux titres de champion des États-Unis, vingt-huit records du monde et cinq médailles d'or olympiques –, Johnny Weissmuller

Je l'ai vu la première fois en 24, à Versailles, au bain des Pages. L'équipe américaine avait choisi ma piscine pour préparer les Jeux. J'avais quinze ans, j'étais éberlué par sa puissance, son style, son élégance. Avec un copain, on s'est dit qu'on allait le copier. Tout a commencé comme ça…

— Mon Weissmuller à moi, il s'appelait Fabien. Un simple militaire de passage à Constantine. Quand j'y repense, je me dis que je lui dois tout.

— Je dois filer, Alfred, un jour tu me raconteras, coupe court Taris. C'est quand même fou qu'on ne s'en parle que maintenant ! En attendant, écoute bien ce que te dit Hermant. Faut toujours suivre les conseils de son entraîneur, hein ? Tu connais sa marotte : souplesse et respiration…

Alfred n'a pas le temps de le remercier pour le bouquin que Taris s'apprête déjà à descendre les escaliers. Juste avant de disparaître, il se retourne et, la voix amusée, déclame :

— Souplesse et respiration, Alfred ! Avec ça, crois-moi, tu iras loin !

*

La Joie de l'eau est devenu le livre de chevet d'Alfred. Chaque soir, avant de s'endormir, il s'imprègne des conseils de son maître alors même que l'ouvrage est destiné aux débutants. Il en a fait sa propre lecture, cherchant au détour

---

est choisi en 1932 pour incarner Tarzan et devient le « seigneur de la jungle » le plus célèbre de l'histoire du cinéma.

d'une phrase l'observation qui peut l'amener à corriger un défaut. Il sait qu'il nage tout en force, en misant sur sa puissance musculaire et son mental de guerrier. Mais cette technique a ses limites. Le risque de tomber dans le rouge, d'exploser, de perdre toute lucidité. Souplesse et respiration, répète Taris, qui va plus loin encore : « Pour nager avec succès, pas besoin d'avoir de gros muscles. Au contraire, il faut posséder une musculature longue et souple, avoir de bons poumons et un cœur solide. Surtout, il faut apprendre à nager mou. » L'expression enchante Alfred.

— Tu entends, chérie ? Si je veux encore progresser, faut que j'apprenne à nager mou. Si j'avais su, rigole-t-il.

Paule repose *La Femme de France*, le journal du chic parisien dans lequel elle se plonge chaque semaine. Elle se régale des conseils de beauté, des dessins des nouvelles tenues à la mode, à la fois élégantes et pratiques – *très sport*, dit l'hebdomadaire – mais aussi des potins mondains et des chroniques de sciences occultes. Elle arrache le livre des mains d'Alfred et constate, au premier paragraphe, que Taris évoque d'abord les longues distances. La traversée de Paris, en particulier – huit kilomètres dans les remous de la Seine –, qu'il a remportée à plusieurs reprises.

— Lis ça, ballot, lance-t-elle affectueusement. « Pour ma part, j'ai toujours gagné mes traversées de Paris avec plusieurs minutes d'avance sur mes rivaux, sans fatigue, ni sans me désunir, parce que je nageais "mou". » On est loin d'un 200 mètres, mon amour !

— Hermant me dit toujours d'allonger, de me détendre. C'est ce qui a fait la gloire de Cartonnet.

— Oublie-le, celui-là, il n'est plus rien.

Alfred tourne les pages, s'arrête sur l'évocation de Weissmuller, l'inspirateur de Taris qui brille désormais sur les écrans en jouant Tarzan. *Tarzan l'homme singe, Tarzan et sa compagne,* ou encore *Tarzan s'évade,* le dernier film qu'Alfred et Paule ont vu trois fois au Caméo, boulevard des Italiens. Comme pour tous les Français, Cheeta est leur mascotte. Et, comme tous les Français ou presque, Alfred s'essaye avec un bonheur mitigé à imiter le cri de Tarzan.

— Écoute ça, Weissmuller qui nous parle de l'hygiène de l'athlète. Et qu'est-ce qu'il nous dit ?

— Que je devrais arrêter de te faire des beignets fourrés !

— Pas du tout ! Je lis : « Il n'est pas vrai qu'un sportif doit vivre dans l'abstinence absolue de la nicotine et qu'il lui faut se méfier de certains plats. » Voilà la meilleure nouvelle de la journée !

— Et la ligne d'après ? « La seule chose nécessaire, c'est de ne faire aucun excès et de mener une vie régulière. »

— Un partout ! lance Alfred, qui tient désormais grand ouvert le livre de Taris pour que Paule ne perde pas une miette des préceptes de l'Américain.

C'est le réveil et le petit-déjeuner qui retiennent leur attention : « Le matin, défense de rester au lit. Aussitôt levé, buvez un verre d'eau chaude lentement. Ensuite, faites de la culture physique pendant quelques minutes, fenêtre grande ouverte. Avant le petit-déjeuner, absorbez un verre de jus de fruits. Les meilleurs jus sont ceux de l'orange, du *grapefruit* ou de la tomate. Le petit-déjeuner doit commencer par un fruit : pomme, poire ou pruneaux. Ne buvez jamais de boissons très chaudes ou très froides. Enfin, la peau a besoin de respiration : portez des costumes légers et larges. »

— La respiration, décidément, ils n'ont que ce mot à la bouche !

— Laissons les conseils vestimentaires de côté, sourit Paule. Mais, pour le verre d'eau chaude au réveil, fallait pas me le faire lire, c'est adopté !

— La joie de l'eau chaude, voilà comment Taris aurait dû appeler son bouquin ! s'amuse Alfred en lâchant l'ouvrage.

Il est heureux de sa trouvaille. Il se love contre le corps de Paule, qui reprend aussitôt la lecture de *La Femme de France*. Sous le halo doré de sa petite lampe en opaline, elle dévore le portrait de la femme *solarienne* dans laquelle elle ne se reconnaît pas du tout – une « femme qui comprend les questions les plus ardues dans leur ensemble et pour qui la Vie est une merveilleuse symphonie » – *foutaise*, pense-t-elle –, puis s'arrête sur un billet de la rubrique « À Paris et ailleurs ». « Les trois égéries », c'est le titre.

— Tu entends ça, Alfred ? « Voici que l'on annonce les plus ardentes compétitions féminines en Hitlérie. En Allemagne, trois femmes se partagent les ivresses de la puissance : Leni Riefenstahl, Magda Goebbels, Mme Sonnemann-Goering. La première est l'égérie fidèle d'Hitler, la seconde est la femme du ministre de la Propagande. La troisième est l'épouse du ministre tout-puissant de la Guerre et de la *Reichswehr*. Toutes les trois sont belles, ardentes, ambitieuses. Quels sombres drames préparent ces jalouses femmes ? » Tu es toujours là, chéri ? « Un sourire, l'inflexion d'un joli geste, les désirs d'un dictateur suffisent à décider du sort de l'univers. Toujours le grain de sable de Cromwell, toujours le nez de Cléopâtre... » Cromwell, je ne connais pas. Mais le nez de Cléopâtre, ils exagèrent pas un peu, quand même ?

Alfred répond par un soupir profond, déjà loin dans sa nuit et ses rêves de champion.

Nez aplati et yeux malins

Pour Alfred et Paule, l'année 1938 passe plus vite que la lumière, dans un Paris enjoué et insouciant. Dans les soirées et les salles de bal, on danse le Lambeth Walk, parodie chaloupée des défilés martiaux qui se moque ouvertement du Führer. Maurice Chevalier lui-même n'en revient pas : « Une gaieté folle dans la grande ville. Oui, folle. C'est bien ça. Anormale, on s'amuse trop ! On rit trop fort ! Il y a de l'hystérie dans tout ça. Et on danse ! Et on s'envoie en l'air ! Et allez donc ! Toute cette période fait penser à la mer quand le temps s'obscurcit et que de grosses vagues de fond brutalisent le navire. Le temps tourne au cyclone[1]... » Alfred, lui, accumule les titres nationaux et internationaux. Cinq nouveaux titres de champion de France : 100 mètres nage libre, 200 mètres nage libre, 200 mètres brasse, relais 4 x 200 mètres, relais 10 x 100 mètres. « Une domination écrasante »,

1. Cité par Frédéric Mitterrand dans *1938, l'œil du cyclone*, XO Éditions, 2022.

s'enflamme *Le Miroir des sports*. Pendant l'été, Alfred et Paule se passionnent pour la Coupe du monde de football jouée en France, en dépit de l'élimination prématurée de l'équipe nationale, battue en quarts de finale par des Italiens virevoltants, dominateurs et futurs vainqueurs du trophée. Face à la Squadra Azzurra, le capitaine des Bleus Étienne Mattler, défenseur au jeu rugueux que tout le monde appelle « le déblayeur », n'a rien pu faire.

Marqué par la montée des actes antisémites en Allemagne, Alfred refuse, en août, de participer à la rencontre États-Unis-Europe qui se tient à Berlin et pour laquelle il est sélectionné, se rabattant ce week-end-là sur une confrontation Suisse-France avec l'équipe de France B. « Au Reich, il préfère la Suisse », écrit Jean Brey dans *L'Écho des sports*. Georges Hermant, l'entraîneur national, ne lui en veut pas. Au contraire. Il vient d'apprendre ce qui était arrivé au lieutenant Fürstner, le directeur du village olympique de Berlin. La courtoisie et le dévouement de cet officier d'une distinction parfaite avaient conquis les délégations étrangères. Mais, de retour des Jeux, où il réalisait un long reportage pour la *Revue des Deux Mondes*, le journaliste et académicien Louis Gillet a dévoilé dans un livre la sinistre vérité[1]. Pour Alfred, Hermant a coché la page.

— Tu liras ça, c'est bien désolant...

Ce jour-là, Alfred se met à l'écart dans le couloir qui mène au bureau d'Hermant. Assis sur le

1. Louis Gillet, *Rayons et ombres d'Allemagne*, Flammarion, 1937.

banc étroit où patientent les visiteurs du patron de la natation française, redoutant le pire, il lit lentement le passage consacré à Fürstner :

C'est lui qui était chargé de maintenir l'ordre et la bonne entente dans ce peuple d'athlètes bariolés qui pouvait si aisément devenir une pétaudière. Malheureusement, il se découvrit par je ne sais quelle indiscrétion qu'il avait un point faible : une de ses grands-mères était juive. Le secret s'éventa. On avait repéré la goutte du sang immonde. Aussitôt les libelles injurieux, les journaux satiriques, les guêpes racistes de faire rage.

Tous les jours, M. von Fürstner trouvait dans sa chambre des papillons qui l'insultaient. Il offrit sa démission. On se contenta, sans le remplacer, de le mettre nominalement sous les ordres d'un colonel, pensant que cette précaution suffirait à le couvrir. Ses ennemis ne prirent pas le change. La meute poursuivit de plus belle. L'officier ne laissa rien paraître. On le vit jusqu'au dernier jour, ponctuel, affable, cérémonieux, correct, remplir tout son devoir et s'acquitter en homme du monde de son rôle difficile de maître de maison.

Le dimanche soir, il fit ses adieux à ses hôtes, le lendemain s'occupa encore de leur embarquement, passa une dernière inspection. Seulement le mardi matin, son ordonnance le trouva mort.

Les yeux d'Alfred se ferment tandis qu'une crampe lui déchire le ventre. Les images remontent comme des fantômes venus le secouer en ricanant. Il repense au geste d'au revoir de Fürstner au moment où il s'engouffre dans la berline qui le mène à l'aéroport. Regard droit, sourire bienveillant. *Sait-il alors que sa vie est derrière lui ?* pense Alfred. Il visualise le moment fatal où Fürstner s'empare d'une arme, mais, très vite, l'écran se brouille – toile blanche sur l'impensable.

Longtemps, les mots de Gillet le hantent. *On avait repéré la goutte du sang immonde. Son ordonnance le trouva mort.* Et puis, le 10 novembre, c'est le choc. *La Nuit de cristal.* Qui confirme toutes les peurs. À Berlin, et bientôt dans toute l'Allemagne, des magasins sont détruits, des synagogues brûlées, des milliers de juifs arrêtés. On dit que ce carnage a pour origine l'assassinat, à Paris, du premier secrétaire de l'ambassade d'Allemagne, Ernst vom Rath, par un réfugié juif polonais de dix-sept ans, Herschel Grynszpan. Affaire privée ? Crime politique ? Peu importe. La *colère populaire spontanée* – c'est ainsi que les nazis désignent le pogrom – s'abat sur la communauté juive comme la foudre.

*

C'est le moment choisi par Paule et Alfred pour se dire oui. Oui pour la vie. Oui pour se rassurer. Oui pour continuer à y croire, malgré tout. Seul regret : l'absence des deux familles, pour qui le séjour à Paris aurait été trop onéreux. Et trop dangereux. À Constantine aussi, on assiste à la montée de l'antisémitisme et à la multiplication des violences. Pas question de laisser seuls les cousins, les neveux et nièces, dans une ville où à tout moment le quartier juif peut se transformer en poudrière.

C'est en présence de l'oncle Mickaël et de ses amis, à la synagogue des Tournelles, dans le Marais, qu'ils se marient, en février 1939. Alfred soulève le voile de Paule, comme le veut la tradition, dégageant ses grands yeux verts, puis, sous la houppa, lui passe l'alliance. À son tour il reçoit l'anneau et, en fin de cérémonie, toujours selon le rite, brise un verre avec son pied droit. Manière de dire que leur mariage durera aussi longtemps que ce verre restera cassé, soit pour toujours. Toute la soirée, au milieu d'une vingtaine de convives, ils chantent et dansent au rythme du malouf dans le petit appartement, boulevard de Sébastopol, que l'entraîneur d'Alfred leur a trouvé.

Paule donne désormais quelques cours de gymnastique aux enfants de l'école de la rue Saint-Martin pour arrondir leurs fins de mois. Elle adore enseigner. Quant à Alfred, lancé comme une fusée, la presse l'affuble d'un sobriquet : Artem. C'est un journaliste de *L'Auto*, originaire de Moscou, Dimitri Philippoff, qui en a eu l'idée. Bon nageur et excellent joueur de water-polo, il lui affirme qu'en russe « artem » est le nom d'un poisson ultra-rapide. Il est incapable de lui dire lequel, mais peu importe. Va pour Artem, surnom qui lui colle à la peau. Philippoff, dans ses articles, s'amuse du caractère décontracté de Nakache. Sans percevoir que cette nature profonde tient lieu aussi d'armure : « Il n'a pas jugé bon, malgré plusieurs années parisiennes, écrit-il, de changer ses manières. La grande ville ne l'effraie pas. Il ne s'est pas plié à ses lois. Constantine : voilà ce qu'aime Artem et qu'il n'entend pas oublier. Il va donc dans les rues de l'immense et sombre cité, blaguant, bayant aux corneilles et riant au soleil comme un authentique gosse de son pays. »

Avec ses économies, Artem s'est acheté, pour 800 francs, sa première voiture, une Simca cinq-chevaux décapotable de couleur blanche. Dans le journal *Excelsior*, il s'enflamme :

« Vous me voyez heureux comme un pape : marié, possédant d'ores et déjà une situation et propriétaire d'une voiture automobile.

— Que vous manque-t-il alors ? lui demande le chroniqueur Roger Lamy.

— Pour que mon bonheur soit complet, répond Alfred, facétieux, je n'attends plus que le droit d'enseigner l'arabe dans les écoles...

— Vous avez la vocation ? s'étonne Lamy.

— Vous voulez dire que c'est la seule que je possède ! Comme Paule, mon épouse, je ne connais pas un métier que je pourrais préférer à celui-là. »

Cartonnet, lui, s'assombrit. Il refuse d'affronter une nouvelle fois Nakache et déclare forfait pour un 200 mètres brasse. Son étoile commence sérieusement à pâlir. Alfred, cette fois, est sévère. Dans *Excelsior*, toujours : « Cartonnet dit partout que je ne suis pas un nageur de brasse digne de sa classe. J'attends qu'il veuille bien le prouver autrement que par des mots. Car la seule fois où nous nous sommes rencontrés en brasse, c'est moi qui l'ai battu. » « Avez-vous vu Cartonnet ? » titre, peau de vache, un hebdomadaire. Georges Hermant, lui, ne décolère pas : « C'est lamentable, un garçon désespérant, ce Cartonnet, qui n'aime pas la compétition et se défile chaque fois qu'il a un devoir sérieux à remplir. »

*

En cette fin d'été 1939, sans doute l'un des plus beaux, les plus chauds que la France ait connu, les nuages s'amoncellent. Hitler multiplie les provocations. Personne, ou presque, n'aurait imaginé qu'il aille aussi loin. Personne, ou presque, ne prenait vraiment au sérieux ses menaces. Même Émile, l'ami fidèle, désormais à la tête de la meunerie Bonjean, se veut rassurant. Alfred l'entend encore lui dire, en décembre de l'année dernière :

— Regarde à Munich comme on l'a baisé, Hitler[1]. Le gouvernement anglais et Édouard Daladier l'ont contraint à la paix. Suffit de voir comment Daladier a été acclamé, à son retour, au Bourget. Et puis la visite à Paris, la semaine dernière, de Ribbentrop, le ministre des Affaires étrangères d'Hitler, t'en dis quoi ? Il a signé en grande pompe une déclaration d'amitié franco-allemande. C'est gagné, mon vieux.

— Non, Émile, c'est pas gagné, c'est perdu. C'est Hitler qui nous a bien baisés. Il a encore annexé un territoire et, du coup, on va finir par lui déclarer la guerre. Fini l'insouciance,

1. Présentés comme un gage de paix, les « accords de Munich », signés le 30 septembre 1938, prévoient l'évacuation des Tchèques du territoire des Sudètes et son occupation progressive par les troupes allemandes.

les congés payés et les guinguettes du bord de Marne, va falloir se battre maintenant. Comme en 14, Émile, c'est reparti. Et on est bien dans la mouise.

Pendant ce temps, les attaques antisémites se multiplient dans la presse. Alfred devient une cible de choix. Même Nicolas Steinheil, dans *Le Miroir des sports*, n'hésite pas à écrire : « Nakache, avec ses cheveux bouclés, son nez légèrement aplati et ses yeux malins, sa tête prend une expression tellement faunesque que l'on est étonné de ne pas lui découvrir les oreilles pointues. »

Auschwitz. Coups de poing

— Tu es tout de suite tombé amoureux, toi ?

— Un coup de foudre. Pour ses yeux verts.

— Moi aussi. Pour ses yeux noirs. Mais elle était bien trop belle pour moi.

Derrière le baraquement, les deux champions profitent d'un moment de répit, à l'abri des regards. Alors que le ciel zébré de taches orangées se laisse dévorer par la nuit, ils se parlent comme deux potes qui n'ont plus de secrets l'un pour l'autre. Alfred, physiquement, est plus en forme que son ami boxeur, épuisé par les travaux de terrassement. Mais, plus les jours passent, plus l'inquiétude le ronge. Le nageur dissimule mal l'angoisse abyssale qui l'habite sur le sort réservé à Paule et à sa petite Annie. Victor le rassure – « ils ne peuvent pas s'en prendre à elles » – et Alfred feint de le croire. « Souvent, quand je croise une femme dans les allées, j'ai l'impression de reconnaître Paule… » Ce ne sont pas des mirages, mais des promesses, assure Victor. Lui n'a plus de femme depuis longtemps. Mireille l'a quitté. Mireille Balin, la star du cinéma français, la passion de sa vie, qui l'a laissé seul et en lambeaux. Victor a besoin d'en parler, Alfred le sent. Il l'écoute, le relance. La parole comme exutoire.

Victor commence son récit par ce jour béni où il a tutoyé les étoiles, le 24 octobre 1931, au Palais des sports de Paris. Devant seize mille spectateurs, alors qu'il a tout juste vingt ans, il met au tapis, à la surprise générale, au terme d'une gauche-droite à la pointe du menton, et porté par un jeu de jambes stupéfiant, le champion du monde en titre des mouches, l'Américain Frankie Genaro. Deux reprises, à peine cinq minutes de combat et, à Tunis, dans le quartier juif de son enfance, une liesse indescriptible. De son côté, Paris écarquille des yeux admiratifs devant ce petit homme au teint hâlé surnommé Younkie. Avec l'insolence de sa jeunesse, il détrône l'ultra-favori et revêt les habits dorés d'un champion du monde. La marque des demi-dieux pour l'éternité.

C'est alors qu'elle apparaît dans un cocktail dont il est la vedette. Elle est belle, raffinée, mannequin vedette chez Patou et Coco Chanel, et rêve de cinéma. Elle veut surtout rencontrer ce petit phénomène au regard doux et aux muscles puissants. « Au premier regard, j'en tombe fou d'amour. On se revoit le soir même, le lendemain, le surlendemain. On s'aime et je me demande chaque seconde ce qu'il m'arrive. Comment une femme si élégante et courtisée peut s'enticher d'un petit Tunisien monté sur un ring. » Victor met toute son énergie à la séduire et, quand elle se fait distante, à la reconquérir. Restaurants, cadeaux luxueux, virées à Deauville dans une voiture de sport offerte par Peugeot, casinos, rien n'est trop beau pour conserver le cœur de Mireille. « Pendant ce temps, dit-il, je mords la poussière. Je ne m'entraîne plus assez, je n'y suis plus. Je ne pense qu'à elle. Sur les rings, je me laisse balloter par mes adversaires. »

Alors que la nuit, cette fois, enveloppe de son manteau noir le sinistre alignement des baraquements en brique, Victor continue son voyage dans ce passé qui réveille toutes les blessures. Le 31 octobre 1932, à Manchester, au casino Bellevue, il remet son titre en jeu face à l'Anglais Jackie Brown.

— Mireille est venue, éblouissante dans sa robe Patou en jersey et taffetas. Je ne l'avais jamais vue aussi belle. Les photographes se bousculaient pour s'en approcher et faire crépiter leurs flashs.

Les cinq premiers rounds, Victor est au meilleur de son talent, sautillant, esquivant à merveille les assauts de son adversaire. Mais, au milieu du sixième, patatras ! ses jambes deviennent lourdes, son corps ne répond plus.

— Je m'accroche comme un damné, j'encaisse une gauche-droite à l'estomac, puis une suite invraisemblable de crochets à la mâchoire. Je tombe à la renverse, me relève, titube, complètement hébété. Léon Bellières, mon entraîneur, met fin au massacre.

Victor Perez a perdu son titre. Et, tandis que la presse parisienne se gausse, le regard de Mireille lui renvoie l'image cruelle de la déception. Pour tous, Perez est redevenu « l'enfant des souks ».

Remonté par son entraîneur, le gamin de Tunis n'a pourtant pas dit son dernier mot. Il est décidé à faire taire ses détracteurs. Et à regagner l'estime de Mireille, qui fait, avec succès, ses premiers pas au cinéma.

— C'est là que tu décides de monter d'une catégorie ?

— Oui, je passe en poids coq et je défie le Panaméen champion du monde en titre, Al Brown, dit Panama.

Panama ? Un dandy magnifique, amateur de champagne, de belles voitures et de jolies filles, qui a la réputation de changer de tenue cinq fois par jour. Comme Victor, celui-là a connu la pauvreté et a gardé une âme de gosse. Le combat tourne à la parodie. Al Brown est bien trop fort. Pour le Panaméen, c'est une balade en gondole ; pour Victor, une humiliation. Et le début du calvaire dans sa vie sentimentale.

— Vis-à-vis de Mireille, je suis devenu trop jaloux, trop possessif. Je n'ai pas compris que cette attitude m'éloignait chaque fois un peu plus de la femme que j'aime. Tout est de ma faute.

— Tu ne peux pas dire ça.

Alfred aperçoit une larme couler sur la joue creusée de Young, qui baisse doucement la tête.

— Je t'ennuie avec mes histoires.

— Continue, Victor…

— Après, c'est la descente aux enfers. Je me perds dans des combats dérisoires et perdus d'avance.

Pendant ce temps, raconte le boxeur, Mireille est choisie par Julien Duvivier pour être la partenaire de Jean Gabin dans *Pépé le Moko*. Puis c'est *Gueule d'amour* et *Naples au baiser de feu* avec l'immense vedette Tino Rossi.

— Dès que je les ai vus répéter, j'ai su qu'ils avaient une relation.

— Tu en avais les preuves ?

— Non, mais, devant mon insistance, Mireille a avoué. Deux jours plus tard, elle m'a plaqué. Cette fois, j'étais K-O. Une loque.

Sans les copains - c'est lui qui le dit –, il ne serait peut-être plus là. Des copains qui ont toujours pensé que cette femme s'était amusée avec lui, sans jamais vraiment l'aimer. Le petit Mozart de la boxe doit vendre sa villa, il vit à l'hôtel, traîne son regard mélancolique à la Coupole ou dans les boîtes de jazz à la mode. Au Bœuf sur le toit ou au Tabou, il tente d'oublier Mireille en s'enivrant des sons de Bill Coleman, Roy Eldridge, Frankie Newton, Duke Ellington. Le jazz éponge toute sa tristesse.

En écoutant Younkie déverser son chagrin, Alfred songe aux paroles d'une chanson de Cheikh Raymond qu'il n'a jamais oubliée. *J'ai été ensorcelé par le tatouage de sa jambe entrevu sous l'anneau encerclant sa cheville. Comme l'amour succombe à un regard, comme l'infortune blesse par un dard, on m'a décoché une flèche fatale dont je ne peux pas guérir.*

Et voilà que Young, sortant Alfred de ses rêveries, évoque le combat sidérant qu'il a livré à Berlin, le 10 novembre 1938.

— Mais qu'est-ce qu'il t'a pris, ce jour-là ? s'enflamme Alfred.

— Financièrement, j'étais aux abois, tu comprends ?

Contre quelques billets, une paille, Victor Young Perez accepte un match de gala contre l'Allemand Ernst Weiss. Les nazis veulent venger la défaite de Max Schmeling face au Noir américain Joe Louis. Victor ignore tout de ce qu'il s'est passé pendant la nuit, mais, en arrivant à la gare, il comprend. Partout, dans les rues, des bris de glace, des magasins éventrés, des portes fracassées, des synagogues réduites en cendres. *La Nuit de cristal*...

Et pourtant, il va au combat le soir même, sous les crachats et les insultes. « Une atmosphère de fin du monde, dit-il à Alfred. Des SS survoltés venus assister à la mise à mort d'un juif. Je jette toutes mes forces dans la bataille, mais un uppercut au menton me fracasse. Je suis battu aux points. La sortie du ring, crois-moi, est un cauchemar. »

Dix-huit mois plus tard, c'est la France tout entière qui connaît la déroute. Victor hésite à regagner la Tunisie, comme la plupart de ses copains, mais, malgré l'occupation et les menaces contre les juifs, il veut se croire protégé par ses exploits d'hier. Il ne se fait pas recenser, refuse de porter l'étoile jaune, affirme qu'il est espagnol quand des yeux soupçonneux le dissèquent de la tête aux pieds. Il assiste au match victorieux de Marcel Cerdan contre Gustave Humery, surnommé le Tueur. « Pendant ce temps-là, soupire-t-il, Mireille a quitté Tino Rossi pour un bel officier allemand, Birl Desbok.

À les voir en photo dans les journaux, ils ont l'air très amoureux. »

La suite, Alfred ne la connaît que trop. Partout en France, le même scénario. Le 21 septembre 1943, trois miliciens frappent à la porte de Victor. Malgré ses explications, il est embarqué, interrogé et conduit dans le camp d'internement de Drancy. Face à la multiplication des rafles, il était pourtant sur le point d'organiser son exfiltration du territoire avec la complicité de plusieurs amis.

— On avait tous rendez-vous avec un médecin connu pour soudoyer les fonctionnaires français et allemands. Un certain docteur Petiot[1]...

À Drancy, Victor est aussitôt reconnu par les détenus et les gardiens. Tout le monde l'appelle « champion ».

— J'y ai eu droit aussi, sourit Alfred.

— Pour tuer l'ennui et l'inquiétude, j'ai fait quelques démonstrations de boxe. Comme ici. Et puis, le 7 octobre, j'ai été emmené en car à la gare de Bobigny.

Victor Young Perez relève la tête, les yeux encore embués.

— La fin de l'histoire, mieux vaut l'oublier.

---

1. Il était préférable, en réalité, de ne pas croiser sa route. Le Dr Petiot n'était pas seulement un falsificateur de papiers : tueur en série, il a été condamné à mort, après la Libération, pour vingt-quatre meurtres.

Paris, juin 1940

Après plusieurs mois passés à Joinville, bataillon regroupant les sportifs de haut niveau, Alfred est intégré dans l'armée de l'air. Comme tous ses camarades, il est prêt à faire son devoir. Il est envoyé à Sétif, en Algérie, dans le bataillon d'Aïn Arnat, laissant un temps Paule à Paris. Mais son statut de nageur lui évite de partir au front. Démobilisé, il regagne la capitale et peut réconforter toute la famille à Constantine.

Pas pour longtemps. Le pire arrive sans préavis. La guerre éclair, les chars allemands transperçant les lignes à pleine vitesse, fonçant sur Paris, détruisant tout sur leur passage. Et cette nouvelle, qui les foudroie : le petit frère d'Alfred, Roger, est tombé sous la mitraille. Comme ça, en une seconde, comme des milliers d'autres, victimes anonymes d'une déferlante d'acier. *Il n'a rien dû comprendre, Roger...*

Après sa maman, disparue si jeune, c'est comme si une partie de lui s'était envolée. Quand il regarde Roger sur la photo où ils posent tous les trois, eux, les garçons de la famille, en uniforme, fiers et rigolards, il a l'impression de voir son jumeau. Son double. Alfred repense à cette prière souvent prononcée par son père. *Puisse Dieu nous consoler, avec tous les endeuillés de Sion et de Jérusalem.* Il la répète en boucle, sans trop y croire vraiment.

En haut de l'Arc de Triomphe, dans une ville subitement déserte, le drapeau nazi flotte au vent. Il y a quatre ans à peine, dans un stade bondé, toutes les nations paradaient devant Hitler. Et les voilà à genoux. Comme tous les Français, Alfred a entendu, sur le poste, la voix chevrotante du maréchal Pétain leur enjoignant de lâcher l'affaire et d'obéir aux Allemands. Pour votre bien, dit-il. Peut-être même, allez savoir, que ça pourrait être un nouveau départ. Le début du cauchemar, oui. Alfred le sait : obéir aux nazis, pour les juifs, c'est accepter de s'effacer. De disparaître.

À la piscine du Racing, l'ambiance est nauséabonde. Carton, malgré ses revers, affiche une humeur de rêve, comme s'il avait gagné la partie. Dans son dos, parmi les dirigeants, Alfred sent des conciliabules, des apartés, des chuchotements. Mines chafouines qui le mettent mal à l'aise.

— Ça va se compliquer pour toi, Alfred, confie Georges, son entraîneur. Les juifs sont dans le viseur, va falloir la jouer serré.

À la maison, Paule aussi l'incite à la prudence.

— Ne parle pas de la situation, ne t'amuse pas à faire le clown, nage de plus en plus, de mieux en mieux, c'est ta meilleure protection.

Mais, dans plusieurs journaux, les menaces sont de moins en moins sournoises, le ton est direct, les mots prononcés. *Au pilori*, « hebdomadaire de combat contre la judéo-maçonnerie », est l'un des plus virulents. Dans l'antichambre de son bureau, sur les quais d'Aubervilliers, où il leur arrive, le soir, de jouer au tarot, Émile, qui cette fois ne cache plus son inquiétude, tend à Alfred un article où il lit ceci : « Peut-on raisonnablement laisser un juif représenter les couleurs de la France dans les compétitions internationales ? » Il laisse tomber le journal. Sidéré.

— Ils n'y arriveront pas, ces salauds, lui dit Émile.

— Si, mon pote, la machine est lancée.

Une décision, publiée le 7 octobre 1940, confirme son pressentiment : l'abolition du décret Crémieux qui accordait la nationalité française aux Israélites d'Algérie. D'un trait de plume, il n'est plus rien. Ni français, ni algérien. Juif. Et, partout, indésirable. Le coup de grâce survient lorsqu'il reçoit un courrier officiel du ministère de l'Instruction publique. Avec des mots aussi tranchants qu'une guillotine, l'administration lui indique que, suite à l'adoption du « statut des juifs », il n'a plus le droit d'exercer son métier de professeur de sport, le seul qui compte à ses yeux, un métier plus précieux encore que tous ses trophées réunis. *Je n'en connais pas de plus beau…*

Le lendemain, Paule, à son tour, reçoit l'affront. Ce soir-là, enlacés sur le canapé bleu qui donne sur les larges fenêtres du salon, le regard perdu dans l'agitation bruyante du boulevard, ils n'ont plus un mot à échanger. Juste quelques larmes qui, sur leurs joues, glissent comme des radeaux à la dérive.

Dans leurs lettres, les parents d'Alfred tremblent pour lui. Pour Paule. Pour eux-mêmes aussi, leurs cousins, leurs amis disséminés en Algérie. David, le père d'Alfred, craint d'être mis à pied. Rose, elle, dit qu'elle a peur du matin au soir. Dans les rues, sur les marchés, là-bas aussi, les invectives sont plus nombreuses. Celles d'Arabes remontés depuis longtemps contre les juifs, mais aussi, et c'est nouveau, celles de Français ouvertement antisémites.

Même des enfants les montrent du doigt.

Janvier 1941

— Cette fois, il faut que tu partes, Alfred. Paris est trop dangereux, soupire Georges Hermant en replaçant minutieusement sa collection de *Miroir des sports* dans sa bibliothèque.

— Mais pour aller où ?

Il sourit, rallume sa Boyard papier maïs, le prend par l'épaule.

— À Toulouse, mon grand, chez nos amis du club des Dauphins. Après nous, ce sont les meilleurs. J'ai prévenu Alban Minville, l'entraîneur, il est ravi de t'accueillir.

Quitter Paris. C'est donc si grave. En sortant de son bureau, l'angoisse le gagne. Pourquoi une telle urgence ? Que sait Georges qu'il n'a pas osé lui dire ? La vérité lui vient, le surlendemain, de son assistance, la charmante et indéboulonnable Mlle Mercier.

— Je ne vous ai rien dit, Alfred, mais Jacques Cartonnet est rédacteur dans un journal antisémite. Il a ses entrées partout, et notamment au secrétariat général aux Affaires juives. Il vous épie, consigne vos faits et gestes, se renseigne sur vos relations, vos lectures. M. Hermant a raison, c'est beaucoup trop dangereux.

Rien de ce qu'énonce à voix basse cette femme au joli chignon blanc ne l'étonne. C'est la confirmation de tous ses doutes. Depuis plusieurs semaines, le thème sportif est utilisé par les antisémites comme preuve de la véracité de la théorie de l'inégalité des races. « Lourdaud maladroit ou gringalet disgracié », selon Jean Dauven, le juif est jugé inapte à la pratique sportive : « Trop faible physiquement et veule moralement. Ennemi, par nature, de l'effort physique et dénué de courage qui n'est pas une vertu de sa race. » D'ailleurs, note-t-il, « il n'existe pas un juif ou presque parmi les grands champions ». Ou presque… Les exploits de Nakache ou de Victor Perez dérangent[1]. Oui, il est temps de partir. Tenter de construire une vie à l'abri de la Gestapo. Intégrer une nouvelle équipe de nageurs. Découvrir cette ville qu'on dit douce et chaleureuse. « Là-bas, ils l'appellent la ville rose, me dit Mlle Mercier. Vous y serez bien avec Paule. Prenez soin de vous, mon garçon. » La ville rose… Avec un

1. Dans les colonnes d'*Au pilori*, Émile Dortignac attribue leur réussite non à leur talent mais à la capacité du « peuple élu » à s'unir pour faire réussir chacun de ses membres. « Le sport sert bien d'alibi à la divulgation des théories ethnoraciales fondant le socle de la pensée antisémite », analyse l'historienne Doriane Gomet (« Rendre les juifs vulnérables par le sport : une stratégie des journaux antisémites », *in* T. Terret, L. Robène, P. Charroin, S. Héas et Ph. Liotard (dir.), *Sport, genre et vulnérabilité au XXe siècle*, Presses universitaires de Rennes, 2013, p. 317-330.

nom pareil, Alfred voudrait se convaincre que c'est un bon présage.

*

Émile les a accompagnés jusqu'au quai de la gare. Il est venu tôt le matin les chercher boulevard de Sébastopol dans sa belle traction avant, avec ses petites lunettes rondes vissées sur son nez. Il affecte un air toujours aussi joyeux, mais Alfred sait, pour bien le connaître, qu'à l'intérieur son cœur saigne. *Lui aussi tente de cacher sa peine.* Celle de deux amis qui se séparent. Paule et Alfred partent avec presque rien. Ils ont confié à Émile leur jolie Simca cinq-chevaux. Officiellement, Artem va suivre un stage de natation à Toulouse. Dans la voiture, ils restent silencieux, attentifs aux barrages, aux regards. Émile cherche le meilleur itinéraire, bute sur des travaux de voirie.

— On y sera, n'ayez crainte.

Il s'en est fallu de peu. Quinze minutes seulement avant le départ du train, les voilà devant la gare. Émile et Alfred portent les deux grosses valises. Pas le temps pour les effusions, il fait un froid de tous les diables. *Quand nous reverrons-nous, Émile ?*

Toulouse. Les Dauphins

Dans les bassins somptueux du TOEC de Toulouse, au cœur de la ville, sur l'île du Grand-Ramier – deux couverts pour l'hiver et un extérieur de 150 mètres de long, le plus grand d'Europe –, ça ne traîne pas. Les Dauphins portent bien leur nom. Des poissons. Des dingues de l'entraînement. Alfred se souvient de ce militaire, Fabien, dans la piscine Sidi M'Cid, à Constantine, qui avait balayé ses peurs. Il lui avait parlé de ce club qui l'avait formé et qu'il avait tant aimé. Ici, sous les battements énergiques des nageurs, le bassin bouillonne en permanence, formant une houle légère et régulière qui donne l'illusion de nager en mer. Ce qui le frappe surtout, c'est l'amitié profonde qui semble lier tous ses athlètes. Ils s'encouragent dans l'eau, se donnent des conseils, se retrouvent, un soir ou deux par semaine, au Bibent, la brasserie chic de la place du Capitole. Une bande de copains, soudée par cet « esprit d'équipe » que Minville exhorte de sa voix rocailleuse avec la foi du charbonnier.

Minville, le meilleur spécialiste du papillon, l'homme qui a théorisé la dissociation du mouvement des bras et des jambes. Quel contraste avec le Racing et cette atmosphère viciée par la rivalité, le mépris dissimulé sous l'air guerrier de la compétition. Au premier jour, il s'y sent bien. Très bien même.

— Tu es un lutteur, Alfred. Ta force, c'est tes muscles, mais surtout ta tête.

Minville, lui non plus, ne cherche pas à corriger son style – l'obsession de la plupart des journalistes qui débordent de lyrisme pour décrire la gestuelle sportive – mais à rééquilibrer son corps, ou le tordre au contraire, pour produire le maximum de vitesse. *Un sprinter, c'est comme ça qu'il me voit*. Il lui a concocté des programmes autour de séances de 100 mètres enchaînant 25 mètres sous l'eau, 25 mètres de papillon, 25 mètres de brasse classique, 25 mètres de papillon, et rebelote pour 25 mètres en apnée.

Après les longueurs de bassin, il lui colle deux bonnes heures de musculation. Tout sauf une punition. De la natation ou du cheval d'arçons, il ne sait pas ce qu'il préfère. Il adore aussi les anneaux, bras tendus à se dévisser les articulations. Ces séances de douce torture se déroulent sous la protection bienveillante de la famille Jany, qui s'occupe de tout ici : la qualité de l'eau, la propreté des vestiaires et de la salle de gymnastique, l'entretien du parc et ses arbres centenaires. Les Jany habitent dans une petite maison à l'entrée du centre, sur l'île du Ramier. Leur fils Alex fait ses premiers pas en compétition. Du haut de ses seize ans, il dégage déjà une belle assurance. *Celui-là, il ira loin, c'est sûr.* Katie, la maman, est aux petits soins pour Paule. Elle l'emmène visiter la ville rose. Lui conseille les meilleures boutiques. Lui montre où se promener le long de la Garonne. Avec Alfred, aussi, elle a la tendresse d'une mère, la mère qu'il a perdue, les mots doux et bienveillants qui font aimer la vie.

Les Jany leur indiquent un gymnase baptisé L'Académie, dont le directeur s'apprête à passer la main. En plein centre-ville, rue Philippe-Féral. Pour Paule et lui, tous deux diplômés du professorat d'éducation physique et sportive, c'est une aubaine. Un gagne-pain et la certitude, en ce qui le concerne, d'être toujours au mieux de sa forme. Minville et les dirigeants du club appuient sa candidature. L'endroit est magnifique : un ancien atelier sur trois étages, murs de brique et structure d'acier, avec une belle hauteur de plafond et de larges baies vitrées donnant sur la grand-rue Nazareth. Les équipements ne sont pas nombreux, mais ça fera l'affaire. Devant Paule et les Jany, Alfred se hisse sur la corde à nœuds et, en quatre impulsions, frappe le plafond. Il ne lui reste plus, indécrottable, qu'à tirer la langue à ses amis.

Ce printemps 1941 les met en joie. Un joli appartement, le gymnase qui ne désemplit pas et lui donne l'occasion de sympathiser avec des Toulousains, comme lui de la communauté juive, qu'il reverra souvent. Paule, surtout, qui rentre, un soir, en sautant dans ses bras, touche son petit ventre arrondi, ne le lâche pas des yeux :

— Tu vas être papa, Alfred. C'est pour début septembre.

Les voilà qui tournent sur eux-mêmes, enlacés comme au premier jour. Le monde est à eux. Ils sont ivres de cet avenir que certains d'entre eux, croyant entendre les bottes allemandes se rapprocher, voudraient réduire à une parenthèse enchantée. Le lendemain, à la première heure, Alfred envoie un télégramme à ses parents : « Un petit Nakache devrait bientôt pointer le bout de son nez. Un petit champion, encore dans sa bulle d'eau, qui vous envoie des milliers de baisers. Votre Alfred qui vous aime. »

À Émile, aussi, il annonce la bonne nouvelle par téléphone. Cela lui fait du bien d'entendre sa voix haut perchée et son débit de mitraillette. Émile est heureux pour eux.

— Quelle chance vous avez de vivre sous le soleil de Toulouse ! Paris n'est plus que l'ombre d'elle-même. Le couvre-feu, les patrouilles allemandes, et tout ce que tu sais, Alfred.

Il ne lui en dit pas davantage, soucieux de ne pas gâcher sa joie. Il le connaît : sans les nommer, Émile parle des mesures antijuives, de plus en plus nombreuses, qui accompagnent la collaboration, pour l'inciter à la prudence.

— Ne t'inquiète pas, Émile, je suis bien entouré ici, et j'ai la protection de Jean Borotra, notre ministre.

— C'est bien, Alfred, continue à briller dans les bassins, je veux des titres.

Et il rit de son rire d'enfant avant de raccrocher.

C'est vrai, après tout, avec Jean Borotra, l'ancien mousquetaire de l'équipe de France de tennis, le « Basque bondissant », le commissaire général aux Sports écouté, Alfred ne risque pas grand-chose. *Nage, Alfred, nage et ne gamberge pas.* Au mois de mai, un coup de fil du cabinet du commissaire lui confirme qu'Émile avait raison : Borotra lui propose de rejoindre la délégation française qui se rendra en Afrique du Nord, pour une tournée de prestige rassemblant les porte-drapeaux du sport français. Il a l'impression d'avoir décroché un billet pour son paradis perdu. En passant par l'Algérie, il reverra toute la famille. Seul bémol, Paule, enceinte, ne pourra l'accompagner. Katie Jany le rassure : elle sera auprès d'elle et, si elle le souhaite, elle pourra même s'installer dans leur petit pavillon en lisière du parc du centre sportif.

Auschwitz. Au nom du frère

Une nouvelle fois, Gérard le Marseillais a l'autorisation de se rendre à l'infirmerie d'Auschwitz III. Il a insisté pour se faire soigner une mauvaise plaie à la main. Mais son seul but est de passer un moment avec Nakache. Il tient encore debout, Gérard. Il ne prend pas grand risque à subir la sélection opérée régulièrement dans les salles de soins. Toujours la même méthode. Corps penché en avant, jambes écartées, le médecin nazi mesure la maigreur des fesses : trop maigres, et c'est la chambre à gaz. Combien de détenus, pensant obtenir un médicament ou une compresse, ont signé leur arrêt de mort ? C'est son chef de block qui l'a laissé partir à l'infirmerie. Un repris de justice flamand d'un sadisme sans limites, qui l'a choisi – il n'a jamais compris pourquoi – pour être son homme de ménage et servir aux détenus la ration du soir. Chargé de faire la vaisselle du chef, il peut finir les restes.

Comme les autres, Gérard moisit dans le même pyjama depuis son arrivée à Monowitz et lutte inlassablement contre les poux. Mais il prend un soin particulier à se laver quotidiennement avec de la neige. Grâce à cette discipline et au surplus de nourriture, il garde la meilleure allure possible. Ce jour-là, pourtant, ce n'est pas de lui, ni de Marseille, qu'il veut parler à Alfred, mais de Pierre, son grand frère, qui ne cesse de dépérir.

— Je ne sais plus quoi faire, il n'a plus de regard, plus d'énergie.

— Tu arrives à discuter avec lui ?

— De moins en moins, je crois qu'il veut en finir.

Alfred connaît cet état d'abattement de détenus qu'étrangement, dans le camp, on appelle les *musulmans*. Il sait que rien ni personne ne parvient à leur redonner une once de vitalité. Encore moins d'espoir.

— Continue à lui parler de votre enfance, de vos courses de patins à roulettes à Marseille, des filles que vous reluquiez sur la plage. Parle-lui, même si ça ne sert plus à rien.

À rien, oui. Quelques jours plus tard, Gérard voit Pierre rentrer péniblement dans l'infirmerie. Il dit qu'il s'est fait écraser le pied par un wagonnet. Il passe aussitôt à la sélection. À Alfred, qui n'était pas là, Gérard raconte d'une voix blanche :

— J'ai vu Pierre partir du mauvais côté. Il est parti tout nu, jeté dans un camion comme un sac. Il m'a fait un petit signe de la main. Comme s'il voulait me faire comprendre que c'était une délivrance. Et qu'il fallait qu'il en reste un pour raconter un jour ce qui se passe ici.

Juin 1941. Retour au bled

Dans le biréacteur qui les transporte au-dessus des nuages, Alfred est assis à côté de deux athlètes dont il connaît le palmarès mais qu'il n'avait jamais croisés. Jean Lalanne, l'as de la course de fond, le champion de France du 10 000 mètres, authentique Pyrénéen qui a grandi, près de Toulouse, à Bagnères-de-Bigorre. Et Marcel Hansenne, originaire de Roubaix, dans le Nord, champion de France en plein air du 800 mètres.

C'est la première fois, comme Alfred, que Marcel se rend à Casablanca, l'une des plus grandes villes du Maroc, en bordure de l'océan Atlantique. Alfred lui raconte l'Algérie, le charme des casbahs, la beauté irréelle des gorges du Rummel, la piscine thermale où il a appris à nager et à vaincre sa phobie de l'eau. Il lui parle aussi de la fête du printemps où juifs et Arabes distillent de l'eau de fleurs d'oranger et de l'eau de rose. La fête préférée de son enfance, la plus gaie de toutes. Là-bas, tout le monde l'appelle « la journée rose ».

— Après avoir acheté au marché des sacs de fleurs blanches et de pétales de roses, on remonte de la cave l'alambic en cuivre, et on recueille les extraits dans des maisons inondées de parfums.

— Et vous en faites quoi ?

— L'eau de rose, on l'utilise pour l'hygiène et la toilette. L'eau de fleurs d'oranger, c'est pour adoucir le café et parfumer les pâtisseries. Mais elle accompagne aussi nos fêtes religieuses. C'est « l'eau de chance », comme on dit chez nous. Fallait voir ma grand-mère asperger les fidèles à la sortie de la synagogue…

Marcel a hâte de ressentir cette atmosphère orientale, si différente de ce qu'il a connu jusque-là. La judaïté d'Alfred ne semble pas le contrarier, au contraire. À vrai dire, il n'y a même pas pensé. À son tour, il est pressé de lui parler de son pays – plus rude peut-être, moins ensoleillé, c'est sûr, mais, dit-il, tellement chaleureux. « Le soleil qu'on n'a pas au-dessus de nos têtes, sourit-il, on l'a dans le cœur. » Alors qu'ils survolent la Méditerranée, il lui raconte le vieux Roubaix, ses maisons ouvrières de brique rouge, ses courées retranchées, son incroyable piscine construite il y a une dizaine d'années.

— Tu la connais, cette piscine, Alfred ?

— Comme tout le monde, j'en ai entendu parler. Mais je n'y ai jamais nagé.

— Elle a été faite sur le modèle d'une abbaye, va comprendre pourquoi. Le grand bassin est comme une nef avec des vitraux des deux côtés qui représentent le soleil levant et le soleil couchant. C'est magnifique. Surtout, c'est le seul endroit où les enfants de bourgeois et les gamins des rues peuvent se rencontrer.

Aussi bavard et attaché à son bled, Marcel. Après la piscine, ses vitraux et son « réfectoire des nageurs », il évoque ces estaminets joyeux où les mineurs trinquent jusqu'à plus soif, entonnant à tue-tête les chansons des gens du Nord. Et voilà que ce nordiste devenu parisien se met à entonner : *Dors, min p'tit quinquin, Min p'tit pouchin, min gros rojin*... Alfred a déjà entendu cet air, mais il ignorait qu'il était le signe de ralliement de tous les Ch'tis de France. Placé devant eux, Borotra, en voyant son athlète se muer en vedette de music-hall, se retourne dans un grand sourire.

— Et bien, je vois que ces deux-là vont bien s'entendre...

De l'autre côté du couloir, Marcel Cerdan, jeune boxeur prometteur, applaudit. Départ en fanfare pour un voyage qui leur fait oublier la pression des compétitions et, plus encore, ce pays meurtri, pour moitié soumis au joug nazi, pour l'autre dirigé par un vieux maréchal tremblotant.

Aux youyous de Casablanca succèdent ceux, tant attendus, d'Alger, où le clan Nakache, au grand complet, s'est réuni pour fêter le retour du héros. *Le bonheur infini des retrouvailles*... Dans les gradins de la piscine de la Sablette, au cœur de la baie d'Alger, le public est venu nombreux voir nager le gamin du pays.

Hommes, femmes et enfants confondus, ils sont arrivés très en avance sous un beau soleil. Des vestiaires, Alfred les entend siffler d'impatience et scander son nom. Un groupe de femmes lui indique l'organisateur de l'événement, brandit une pancarte sur laquelle on peut lire : « Alfred, on t'aime ! » Alfred savoure encore ce moment qui précède l'entrée en scène, regrettant l'absence de Paule et de son futur môme. Qu'il aurait aimé que son fils ou sa fille assiste au retour de l'enfant prodige au milieu de ce débordement d'amour. Les haut-parleurs interrompent brutalement sa divagation.

— Mesdames, messieurs, veuillez offrir un accueil triomphal à notre grand champion, Alfred Nakache, l'un des meilleurs nageurs du monde !

Alors qu'il pénètre dans l'arène, le public se lève comme un seul homme. Ses parents, ses frères font la claque. Ses coéquipiers aussi, magnifiques dans leur tenue blanche, écusson tricolore cousu sur la poitrine. Il monte sur le plot, leur tire la langue, puis, sans même se concentrer, plonge aussitôt dans l'eau fraîche. Pour cette démonstration de gala, il n'avait pas prévu d'exploser les compteurs mais son goût de la vitesse prend le dessus : il donne tout, bras, torse et jambes en surrégime, justifiant sa réputation de lutteur des bassins. En sortant de l'eau, il exécute, sous les vivats, un saut périlleux sur le sol mouillé. Rose, qui est comme une mère pour lui, se jette dans ses bras, sous le crépitement des flashs. Alfred a l'impression d'être l'auteur d'un but providentiel à la dernière minute d'un match du Red Star. Le but de la libération. De la victoire.

Le soir même, la famille a organisé, avec quelques amis, un dîner typique, sous les arcades de la baie d'Alger. Les blagues fusent, on rit beaucoup. Trop, peut-être. Comme si on exorcisait un sentiment d'incertitude, de fragilité. Peu à peu, Alfred décroche de la conversation. Sa grand-mère Sarah, assise à sa gauche dans sa jolie robe traditionnelle judéo-arabe, le ressent. Elle lui prend la main. Elle n'a plus beaucoup de forces et ses yeux la trahissent jour après jour. Elle lui glisse à l'oreille : « Les jours de fête, Alfred, tu les gardes bien au fond de ton cœur pour les jours d'épreuves. » *De quoi parles-tu, mamie ?*

Auschwitz.
Nager plus vite que la mort

Willy Holt, comme tous les détenus à Auschwitz dont le talent intéresse les nazis, bénéficie d'un régime de faveur. Ce jeune peintre a eu la bonne idée de se lancer dans la production de croquis érotiques. Devant le succès de son catalogue, et à la demande générale, il verse maintenant sans complexe dans la pornographie. Du coup, il dort à l'infirmerie et a droit à une alimentation plus riche. Son imagination n'a plus de limites pour faire fantasmer l'état-major. Pour l'officier Strauss, qui lui avait soufflé l'idée, il a spécialement conçu une bande dessinée dans laquelle un soldat botté, à quatre pattes, pantalon baissé jusqu'aux genoux, se fait dominer par une maîtresse du fouet.

Manifestement, le Boche est ressorti ravi de sa lecture. Mais il aurait pu aussi bien se vexer, se mettre en colère, renvoyer Willy dans l'enfer des baraquements. Ou l'exécuter d'une balle dans la tête dans un grand éclat de rire. C'est le sort qu'a connu Axel, contorsionniste homosexuel, coupable, dans une démonstration, de s'être approché d'un peu trop près du commandant du camp. Après le spectacle, cigares encore fumant aux lèvres, ils l'ont jeté dehors, l'ont abattu de plusieurs rafales de mitraillette.

Comme Willy, Alfred se sent sur la corde raide. Un chemin de crête sur lequel on peut basculer pour un rien. Et pourtant il ne se résout pas à la fatalité. La colère qui bout en lui est trop forte pour se résigner. Certaines humiliations, il doit les accepter, ou alors, même avec son aura de champion, ça veut dire prendre le risque de mourir. L'épreuve du poignard reste en lui comme une lame enfoncée en plein cœur. Mais, à l'intérieur, elle le fortifie. Lui donne envie de vivre. De se battre.

C'est comme ça qu'un dimanche de juillet Alfred propose à un jeune détenu de seize ans, Noah Klieger, une aventure insensée : aller plonger dans le bassin de rétention d'eau utilisé pour les incendies. *Et nager, nager, nager encore.* Au risque de se faire descendre dans la flotte sans sommation. Nager sans jouer les animaux de cirque pour SS en mal de spectacle. *Juste fendre l'eau. Se sentir libre.*

Noah jubile à l'idée de défier leurs gardiens. C'est un très bon nageur. Son culot, surtout, bluffe Artem. La veille au soir, à l'extérieur de l'infirmerie, derrière un camion, ce gaillard au front large et aux yeux vifs lui a raconté son enfance de casse-cou. Il a grandi à Strasbourg, au Luxembourg et à Anvers, en Belgique, sous l'autorité sévère de son père, Abraham, journaliste et écrivain issu d'une famille juive polonaise. À l'école, Noah est bagarreur, indiscipliné. Mais c'est aussi un excellent élève. Il saute classe sur classe, dévore à onze ans Dostoïevski, Tolstoï, Victor Hugo, lit des poèmes de Schiller, Goethe ou Byron, qu'il ne comprend pas bien mais peu importe. Au lycée, il devient l'un des membres des Renards, un groupe de la jeunesse sioniste qui excelle en sport – football, natation et ballon prisonnier – et en danse – hora et cherkessia.

Contraint de fuir, en mai 1940, face à l'avancée allemande, il marche dix jours avec sa famille jusqu'à Dunkerque, sous le feu des *Stukas*, ces avions de malheur qui piquent à la verticale et sèment la mort en faisant hurler leurs sirènes comme des hyènes. « Après ça, quand tu t'en sors, confie-t-il à Alfred, tu te sens invincible. » De la plage, Noah assiste au rembarquement des Anglais sous le déluge des bombes allemandes. Puis ses parents et lui sont reconduits par la Wehrmacht à Anvers et transférés, quelques mois plus tard, comme des centaines de juifs étrangers, dans la petite ville belge de Genk. C'est là qu'Abraham, son père, est arrêté par la Gestapo et expédié au camp de concentration de Breendonk.

— Je tente alors le tout pour le tout, sourit Noah. J'écris une longue lettre au général von Falkenhausen, gouverneur militaire pour la Belgique et la France du Nord, dans laquelle je lui dis que mon père n'est pas un criminel et que ma mère est très malade.

— Mais tu es dingue ! s'exclame Alfred.

— Des semaines plus tard, je suis convoqué au quartier général de la Gestapo. On me conduit dans le bureau d'un officier supérieur qui me dit : « Pour qui te prends-tu ? Comment as-tu osé écrire au gouverneur militaire ? » Je lui explique ma situation et il me répond dans une langue incompréhensible. Il me lance alors : « Comment ? Tu ne comprends même pas la langue de ton peuple ? Tu ne connais pas l'hébreu ? Cela ne te semble pas étrange que toi, juif, tu ne connaisses pas ta langue tandis que moi, officier allemand, je la pratique ? » Je bafouille que, oui, c'est un peu bizarre, même si je repère quelques mots entendus dans les prières. Et là, il me dit : « J'ai appris l'hébreu en Palestine, où j'ai grandi. À présent, fiche le camp, j'ai assez perdu de temps avec toi. » Sur la plaque de son bureau, j'ai juste aperçu son nom et son grade : *Sturmbannführer* Joachim Erdmann.

— Et après ?

— Tu ne le croiras pas : quinze jours plus tard, mon père est rentré, chauve et amaigri, à la maison. Le général von Falkenhausen avait accédé à ma requête. Un miracle.

Des bruits de botte, à quelques mètres, les font sursauter. Un groupe de soldats s'est arrêté fumer un peu plus loin, le long du mur. Alfred et Noah se taisent, retenant leur respiration dans un air vicié par l'odeur de cigarettes. Les militaires parlent fort, éclatent de rire, puis repartent. Noah reprend aussitôt le cours de son histoire.

Après le sauvetage de son père, il s'engage dans un réseau clandestin de passeurs vers la Suisse, Le Pionnier, et contribue à exfiltrer des dizaines de jeunes juifs. Le 15 octobre 1942, il décide, face à la montée du danger, de fuir la Belgique à son tour. Mais, dans le petit bistrot de Mouscron où il attend le passeur en sirotant une bière, trois hommes en manteau de cuir noir font irruption. Ils contrôlent les identités, ressortent, puis pénètrent de nouveau dans l'établissement.

— L'un d'eux, raconte Noah, s'approche de moi. Il me dit : « Viens avec moi aux toilettes. » Je lui demande pourquoi. « Je veux vérifier si tu es juif. » Je savais que c'était la fin.

— Tu as fait quoi ?

— Je lui ai répondu en allemand : « Inutile de vérifier. Je suis bien juif, comme vous êtes un maudit Allemand. Et de toute façon vous ne gagnerez pas la guerre et l'Allemagne nazie sera détruite. » Les hommes de la Gestapo m'ont expliqué à coups de poing et de botte ce qu'ils pensaient de mes pronostics[1].

À son arrivée à Auschwitz, Noah ne perd rien de cette combativité spontanée. Il lève la main quand on demande aux détenus si certains sont de bons boxeurs, lui qui n'a jamais enfilé une paire de gants. Comment le prouver ? « Dans un coin de la salle réservé aux entraînements, raconte-t-il à Alfred, je vois Victor Young Perez mimer des jabs et des crochets. Je le singe

1. D'après *Plus d'un tour dans ma vie !*, le témoignage de Noah Klieger, Elkana, 2014.

comme je peux, avec la peur de ressembler à un danseur de cabaret. Ils me croient, nouveau petit miracle. » *Ce gamin, décidément,* pense Alfred, *n'est pas comme les autres.*

*

Pas étonnant, avec cette audace invraisemblable, que ce dimanche Noah soit grisé par la proposition d'Alfred. Ensemble, ils mettent au point un système d'alerte : des complices placés à des points stratégiques autour du bassin les informent de l'arrivée d'une éventuelle patrouille. Il y a Léon, Gérard, Victor Perez, mais aussi Charles, un jeune étudiant en architecture qui rêve de décrocher le Prix de Rome. Ces guetteurs, Alfred les appelle ses « dauphins ». Ou bien encore « les francophones », parce qu'ils parlent tous français. Ni une ni deux, Alfred et Noah retirent leurs pyjamas, et hop ! à la flotte. *Dieu que c'est bon...* Alfred entame lentement un crawl. *Pour ne pas humilier Noah...* Sous l'œil de leurs protecteurs, ils parcourent une dizaine d'allers-retours avant de s'attarder quelques minutes au bord du bassin.

Noah et lui prolongent cette illusion de bonheur le plus longtemps possible. Ils veulent se prouver qu'ils sont encore des hommes. « En faisant cela, Noah, on montre qu'on est encore avec des sentiments humains. Pas seulement des numéros. Pour les autres, c'est encourageant. Alors, si tu veux bien, on va remettre ça ». Dans l'eau, Noah lève le pouce en signe d'approbation. Le soir, des détenus leur demandent de raconter tous les détails de ces folles virées. Comme s'ils parlaient d'une évasion.

Ou d'un voyage au bout du monde.

Record du monde

De retour à Toulouse, revigoré par sa tournée méridionale, Alfred reprend l'entraînement avec une énergie d'adolescent. Il est devenu un dauphin, un vrai. Chef de file d'une équipe merveilleusement soudée. Tous ont en ligne de mire la rencontre internationale de Marseille, le 6 juillet 1941, où les meilleurs mondiaux de chaque discipline sont attendus. Le Cercle des nageurs de Marseille, avec son bassin creusé dans un éperon rocheux qui plonge dans la mer, est une splendeur. Alban Minville a programmé Nakache sur le 200 mètres brasse papillon. Son rival s'appelle Jack Kasley, un Américain a priori imbattable. Mais Alban veut y croire. Il tire sur sa énième cigarette et, de sa voix de stentor, lui assure :

— Marseille, c'est chez toi. Poussé par le public, c'est comme si tu nageais avec des palmes.

— Si vous le dites.

Il avait raison, ce jour-là, c'est dix fois Alger. Une ambiance de possédés. Dans l'eau claire du bassin, galvanisé par ces vagues d'encouragement,

Artem n'est plus un dauphin mais un requin fendant l'écume. Il ignore Kasley et son incroyable palmarès. Son seul adversaire, c'est lui-même : Artem terrassant Alfred. *Le lutteur face à la poule mouillée.* Jamais il n'a eu l'impression d'aller aussi vite. La tête sortie du bouillon, dans un état second, il fixe les hommes au chronomètre. Les juges se concertent, prennent des airs ahuris, et soudain le speaker hurle au mégaphone : « Record battu ! Record battu ! Record du monde pulvérisé en 2 minutes et 37 secondes ! » Il lui faut du temps, beaucoup de temps, pour reprendre ses esprits. Et comprendre que ce n'est pas une plaisanterie. Fair-play, Jack lui adresse un signe amical de la main. Désormais, il est l'un des nageurs de brasse les plus rapides au monde.

C'est Carton qui doit faire la tête. Carton qu'Alfred a dépossédé de son record de France du 100 mètres brasse papillon, le week-end précédent, avec un temps de 1' 9" 3/10e. Jean Borotra lui envoie un message de félicitations le soir même, tout comme André Haon, le maire de Toulouse, un vrai passionné de sport, ancien rugbyman et président du Stade toulousain. À ces marques amicales s'ajoutent celles de Hermant, son entraîneur du Racing, et de l'adorable Mlle Mercier. La presse, elle, dans sa grande majorité, applaudit. Kedroff, qui le suit pour le journal *L'Auto*, a des mots qui le touchent : « Ce record est le symbole de la vie où tout s'obtient par le courage. » À l'hôtel Les Bords de mer, où les nageurs sont logés, il passe de longues minutes au téléphone avec Paule. Elle a suivi la compétition aux Actualités françaises en compagnie des Jany. Il lui demande des nouvelles de son petit ventre. « Ton futur enfant va bien, Alfred. Ne le crois pas si tu veux, mais j'ai eu l'impression, pendant la course, qu'il t'accompagnait en battant des pieds. » *Elle est comme ça, Paule, elle donne de la vie à la vie.* Deux mois plus tard, le 12 août, Annie leur adresse son plus beau sourire.

*

Pour Jean Borotra, la tournée nord-africaine est le voyage de trop. Émile avait prévenu Alfred dans ses lettres : tout Paris bruisse de l'éviction du « Basque bondissant ». Ce qu'il ne lui dit pas, c'est que tout, ou presque, est de sa faute. En ce début de 1942, on reproche ouvertement à Borotra d'avoir emmené Nakache dans ses valises. Un juif dans une tournée officielle, et puis quoi encore ? Il n'aurait pas dû s'en tenir à son palmarès et à sa notoriété de grand champion. Se souvenir qu'il est désormais un paria. Dans ses colonnes, *Au pilori* attaque de plus en plus fort. « Et ce nageur formidable, merveilleux, extraordinaire, cet homme surnaturel, ce demidieu aux cheveux crépus, aux narines dilatées, comme on aime le dépeindre dans un grand quotidien parisien ? C'est le juif Artem Nakache, membre de l'association sioniste Maccabi. »

En avril, Borotra est viré sans ménagement du gouvernement de Vichy. Il a pris la fuite et la Gestapo est à ses trousses. Nakache a perdu son protecteur et, dans la ville rose, des regards familiers s'assombrissent. Ses amis Dauphins vont-ils eux aussi lui tourner le dos ? S'éloigner ? Le dénoncer ? *Et si un autre Cartonnet se cachait dans cette belle bande de copains ?* L'idée le terrifie. À l'entraînement, Alfred ausculte ses camarades, cherche à décrypter sur leurs lèvres le moindre chuchotement, la moindre ironie. Mais rien, juste des sourires éclatants, des accolades franches et amicales. Comme s'ils formaient une bulle autour de lui, conscients des périls qui le menacent.

Au gymnase aussi, il se sent en sécurité. Certains soulèvent de la fonte, virevoltent autour des chevaux d'arçons, tandis que d'autres grimpent à la corde, se dressent sur les anneaux, dans un ballet savamment anarchique. Dans la salle, ça sent la sueur et le cuir, l'énergie et la fureur de vivre. Parmi les habitués, il y a Aaron Stein, professeur de mathématiques récemment destitué. Derrière l'un des gros piliers d'acier qui soutiennent la structure, il fait part à Alfred du combat souterrain qu'il mène avec plusieurs camarades du Lot-et-Garonne. L'Armée juive, c'est le nom du groupe qu'ils ont créé. Un groupe de résistance, de sabotage, de contre-attaque.

— Aide-nous, Alfred, à faire de nous de vrais combattants, lui susurre Aaron à l'oreille. Il n'y a que toi qui peux nous préparer à l'affrontement.

— Je ne connais rien aux sports de combat, mais je peux équiper la salle d'un ring et monter une section boxe.

— Tu penses à quelqu'un pour s'en occuper ?

— J'ai mon idée, oui.

Félix Lebel, ancien boxeur de l'Amicale pugilistique de la Garonne, aujourd'hui retiré des rings, tapissier le jour, joueur de poker la nuit dans l'arrière-salle de sa boutique. Félix vient souvent, le week-end, voir nager Alfred. Et il lui arrive de le rejoindre pour une partie de cartes. Pour lui, il remettra les gants.

Auschwitz. Partage

Dans ce camp où l'on crève de faim, et plus encore de désespoir, Alfred a presque honte, ce jour-là, de recevoir un colis devant Robert Waitz et Willy Holt.

— Ça vient de la Croix-Rouge, lui dit le professeur. Ils ont fait leur enquête, ils savent que tu es parmi nous.

— Mais les Allemands ?

— N'oublie pas, Alfred, que tu es recordman du monde de natation. Ils ne te regarderont jamais comme les autres. Même mes titres de médecine, mes publications en hématologie, mes brevets ne pèsent rien face à tes trophées. Ils ont donné leur accord pour que tu reçoives ce paquet.

— Je ne peux pas.

— Ouvre Alfred, ou je le fais pour toi.

Alfred hésite un instant. Il a l'impression d'être l'enfant gâté de la *Kranken Bau* – l'infirmerie. Il déteste ce sentiment. Enfant, déjà, il ne supportait pas la moindre injustice au sein de la famille, encore moins les chouchous des profs qui pavanaient en classe. Il les trouvait misérables. Il n'oublie pas non plus Pourim, la fête religieuse si respectée à Constantine. Une fête joyeuse qui exige d'être généreux avec les autres : envoi de colis alimentaires, dons aux démunis.

Robert tire le paquet vers lui, dénoue avec autorité la corde qui l'entoure, dévoilant un petit trésor : de la confiture, des biscuits, des tablettes de chocolat, un énorme jambon, mais aussi, luxe suprême, une dizaine de savonnettes.

— On divise en quatre : une part pour vous, une pour Noah, une pour Willy[1], et la dernière pour moi.

— Oublie ma part, sourit Robert. Laisse-moi une savonnette et goûter un peu de chocolat. D'autres en ont un besoin urgent.

— Je m'aligne sur vous alors, professeur.

Noah et Willy suivent le mouvement. Et les voilà, les jours suivants, à diviser le paquet de la Croix-Rouge en une multitude de petits colis enveloppés dans du papier. Il leur faudra éviter d'éveiller la surveillance des SS et des kapos, leurs garde-chiourmes, pour apporter ce

1. Dans ses mémoires, *Femmes en deuil sur un camion* (Nil Éditions, 1995), Willy Holt écrit : « En stricte logique, une personne privée de tout, de tout espoir en l'avenir, aura la réaction, sans qu'il soit pensable de lui en tenir rigueur, de se plonger seule dans le plaisir qu'apporte cette manne imprévue. Alfred, lui, partage son trésor. Dans ce monde de détresse, de sauvagerie, de lutte ininterrompue pour la vie, ce geste prend dimension d'héroïsme. D'autres initiatives du même ordre viendront confirmer, par la suite, la qualité d'Alfred Nakache, et auront pour moi force d'exemple. »

réconfort éphémère, mais ô combien précieux, aux plus démunis du camp de la mort. Dans le block 35, où Nakache apporte un colis, la main caressante d'un homme allongé sur sa paillasse, qui a peut-être quarante ou cinquante ans, mais dont la maigreur extrême ne lui donne plus d'âge, le bouleverse.

Yevarechecha HaShem, lui glisse cet homme dans un souffle. *Que le Seigneur te bénisse.*

Quelques semaines plus tard, Alfred reçoit un petit mot de Willy dans un morceau de papier roulé en cigarette. L'écriture est serrée, presque illisible. Alfred se rapproche du triangle de clarté qui éclaire la pièce. Il lit : « La leçon de solidarité que tu m'as donnée, mon ami, sera désormais pour moi une règle de conduite. Un bout de pain, de simples épluchures de pommes de terre, une cigarette sont, physiquement d'un apport presque nul. Mais les yeux de celui qui reçoit peuvent irradier un tel sourire, une telle lueur de consolation, qu'il ne faut pas se laisser retenir par la médiocrité du geste. »

À son tour, son visage se peint d'un sourire lumineux.

Été 1942

L'atmosphère est lourde. Pas seulement de cette chaleur étouffante qui s'abat sur le pays. Lourde d'une sourde inquiétude. Dans son dispositif de mesures discriminatoires contre les juifs, le gouvernement de Vichy devance les demandes des nazis. On dit partout que les juifs étrangers sont menacés. Des juifs originaires d'Allemagne ou d'Europe de l'Est, qui ont fui les pogroms et les arrestations, et, après avoir transité par la Belgique, sont venus se réfugier dans les villages tranquilles du sud de la Loire.

Maurice Hirsch, adhérent du gymnase, est l'un d'eux. À Alfred, il a raconté toute son histoire. Avec sa famille, il a quitté Leipzig après la Nuit de cristal, à l'automne 1938. Au cours de cette nuit d'horreur, dans tout le Reich, les SS ont incendié les synagogues, détruit les boutiques tenues par les juifs, assassiné hommes, femmes et enfants. De l'entreprise de cordonnerie de la famille Hirsch, il n'est resté qu'un amas de bois brûlé. Aujourd'hui,

Maurice en est sûr : une vaste rafle se prépare dans tout le Sud. Des milliers de juifs étrangers seront déportés en Allemagne et en Pologne. Il le tient d'un ami, agent du Service social de Vichy.

Cède-t-il à la panique ? Nakache n'est pas suffisamment informé, trop occupé par ses entraînements et par la gestion du gymnase, pour le savoir. Et puis, en vérité, il n'est pas le plus aguerri en politique. Dans les discussions, il en a honte, mais beaucoup de références lui échappent. Fin août, le lundi 23, Félix Lebel, le boxeur de secours d'Alfred, entre dans le gymnase. Il a l'air préoccupé. Il lui tend une lettre de l'archevêque de Toulouse, Mgr Saliège, qui devra être lue dans toutes les paroisses. Félix est pratiquant, tout comme sa femme Babeth. Tous les dimanches, ils se rendent à 11 heures à la messe solennelle donnée dans la cathédrale Saint-Pierre.

— Lis ça tranquille ce soir, c'est courageux, c'est beau, mais ça n'augure rien de bon.

Alfred plie la feuille en quatre et la range dans la poche de son survêtement. Un frère, Félix. Mais déjà le boxeur amateur est au fond de la salle à motiver ses troupes :

— Allez, les gars, qu'est-ce qu'on attend ? On frappe dans les sacs. Droite, gauche, crochet, et on bouge les jambes, bon sang !

*

À la maison, c'est Paule qui se charge de lire le texte. Ce jour-là, Alfred ne touche pas aux pâtisseries à la fleur d'oranger préparées par sa femme, mais se sert un grand verre de cahors, lui qui ne boit presque pas. Elle s'installe en face de lui, commence à haute voix :

— « Mes très chers frères... Que des enfants, des femmes, des hommes, des pères et des mères soient traités comme un vil troupeau, que les membres d'une même famille soient séparés les uns des autres et embarqués pour une destination inconnue, il était réservé à notre temps de voir ce triste spectacle... »

Paule marque un temps d'arrêt. Elle parcourt, silencieuse, les lignes qui suivent, et reprend la lecture en s'efforçant de garder une voix claire.

— « Dans notre diocèse, des scènes d'épouvante ont eu lieu dans les camps de Noé et du Récébédou[1]. Les juifs sont des hommes, les juives sont des femmes. Tout n'est pas permis contre eux, contre ces hommes, contre ces femmes, contre ces pères et mères de famille. Ils font partie du genre humain. Ils sont nos frères comme tant d'autres. Un chrétien ne peut l'oublier... » Je continue, Alfred ?

— Finis, oui.

— « France, patrie bien-aimée, France qui porte dans la conscience de tous tes enfants la

1. Le camp de Noé est situé au sud de Toulouse. De février 1941 à la fin de l'été 1942, deux mille cinq cents étrangers y sont enfermés, pour moitié des juifs, pour moitié des républicains espagnols. Le camp du Récébédou, installé à proximité, sur la commune de Portet-sur-Garonne, est le point départ de convois, via Drancy, vers Auschwitz et d'autres camps d'extermination.

tradition du respect de la personne humaine, je n'en doute pas, tu n'es pas responsable de ces horreurs. Jules-Géraud Saliège, archevêque de Toulouse. »

Alfred se lève tandis qu'elle replie le papier. Elle a le regard absent. Il passe derrière son dos, plonge sa main dans ses beaux cheveux bruns, lui caresse longuement la nuque.

— C'est Félix qui m'a passé ce texte. Je ne suis pas sûr qu'un seul homme d'Église puisse changer les choses.

— C'est tellement humain, ça va réveiller les consciences, au contraire.

— J'en doute, Paule.

— Nous sommes concernés ?

— Pas directement. Pas tout de suite. Les rafles visent les juifs étrangers. Sauf s'ils se disent que les juifs algériens ne sont plus français.

— C'est le cas ?

— Sur le papier, oui, mais je ne sais pas ce qu'ils vont décider. Personne ne sait.

L'appel indigné d'un archevêque peut-il suffire à freiner le zèle des dirigeants de Vichy ? Le 29 août, dans tout le sud de la France, les gendarmes réveillent à l'aube des centaines de familles. Ils ont cinq minutes, pas une de plus, pour remplir une valise et monter dans un car. Maurice Hirsch, sa femme et ses trois enfants sont arrêtés eux aussi. Où sont-ils conduits ? Dans d'immenses centres de rétention, croit savoir Félix. En attente du train qui les mènera à Drancy, près de Paris. Et, de là… Cette rafle est comme un coup de poing au foie. Au gymnase,

Aaron affiche pourtant une détermination de taureau.

— On va lutter, Alfred, comme toi dans les bassins. Tiens-toi à distance de nous, continue, surtout, à nager.

Alfred aime cette droiture dans le regard d'Aaron. Comme lui, ils sont plusieurs à vouloir prendre les armes. Ils se retrouvent à l'extérieur de la ville, dans une grange isolée, loin de toute habitation, pour peaufiner leurs plans, s'entraîner au tir, rédiger leurs tracts. L'Armée juive. Après ces arrestations ignobles décrétées par le maréchal et par Pierre Laval, son homme de main, l'organisation clandestine n'a jamais si bien porté son nom.

Félix informe Alfred qu'à Lyon le cardinal s'est, lui aussi, insurgé contre cette rafle. Il s'appelle Gerlier, et résiste du matin au soir au préfet Angeli. Avec l'aide d'un abbé, le père Glasberg, juif converti au catholicisme, on dit qu'il a réussi à faire exfiltrer une centaine d'enfants d'un centre de rétention situé à Vénissieux, dans la banlieue de Lyon, en faisant signer aux parents, pendant la nuit, des actes d'abandon. L'une des fillettes aurait dans sa poche les boucles d'oreilles laissées par sa maman. Elle a promis de ne jamais les perdre. À la maison, quand Alfred lui raconte cette opération de sauvetage, Paule ne peut cacher sa douleur.

— Les gosses ont été confiés à des familles, Paule, ils sont à l'abri.

— Mais la police doit les chercher partout ?

— Peut-être, mais on dit qu'il existe à Lyon une incroyable solidarité entre croyants et non-croyants, catholiques, juifs, laïques, protestants. Ils forment comme un barrage. Un cordon sanitaire. Et puis les réseaux de résistance sont mobilisés. Ils distribuent des tracts dans la ville. Tiens, regarde, Félix m'en a laissé un exemplaire…

En énormes lettres capitales, Paule lit l'avertissement : « Vous n'aurez pas les enfants[1]. »

*

Pour tous les Toulousains, novembre 1942 est un mois sinistre. L'entrée de la Gestapo dans les rues de la ville. La fin de la zone libre et, pour les Nakache, les dernières illusions. Suite à la 9e ordonnance des « autorités d'occupation », « toutes manifestations sportives, soit comme participants, soit comme spectateurs, sont désormais interdites aux juifs, de même que l'accès des plages et des piscines ». Les nazis ont installé leur quartier général à l'hôtel de l'Ours blanc. Alors qu'Alfred a glané ces derniers mois cinq titres de champion de France[2], la presse collaborationniste se déchaîne contre

1. Titre du livre remarquable de Valérie Portheret (XO Éditions, 2020). Sur les cent huit enfants exfiltrés, trois seront rattrapés par la Gestapo, puis déportés et exterminés à Auschwitz : Margot Koppel, Maurice et Gabrielle Teitelbaum.

2. Champion de France du 200 mètres brasse, du relais 4 × 200 mètres nage libre, et des 100 mètres, 200 mètres et 400 mètres nage libre.

lui, reprochant aux dirigeants de la Fédération française de natation de le laisser participer aux compétitions. Un soir, en sortant du gymnase, un homme, chapeau baissé sur les yeux et col relevé, s'avance vers lui. Il ne distingue pas son visage.

— Que me voulez-vous ?

Il lui tend un papier.

— Tenez, lisez ça et prenez-en de la graine.

L'inconnu a déjà disparu dans les rues sombres et enneigées du quartier quand il s'approche d'un réverbère. C'est un article du journal pétainiste *Pays libre*. Il est signé « P.L. » L'homme en noir a souligné des passages au stylo.

LE SPORT EST UNE BELLE CHOSE

Mais les juifs ne doivent pas avoir les honneurs des compétitions nationales.

NAKACHE EST-IL JUIF ?

Si oui, qu'il soit exclu des compétitions.

Nous avons demandé la semaine dernière si Nakache était juif. Et, s'il l'était, il fallait l'exclure des compétitions sportives. Nous faisons campagne depuis longtemps contre les juifs, qui ont conduit notre pays au désastre, et c'est pour cela que nous insistons encore aujourd'hui et demandons qu'une enquête soit faite sur le recordman du monde, champion de France : Nakache.

Il serait malheureux de voir s'inscrire un juif pour représenter la France sur la plaquette des records mondiaux. Aussi il faut faire quelque chose.

Nakache est-il juif ? Nous voulons une réponse. Alors Nakache, expliquez-vous !

Mais, si vous êtes juif, retirez-vous du sport français ou alors vous pourriez bien en sentir les répercussions.

Son cœur rate un battement. Pour la première fois, il sent un liquide glacé couler dans son dos. Et si c'était la peur ?

Toulouse, 1943

Mais que fait Jacques Cartonnet à Toulouse ? Toute la ville bruisse de la présence de l'ancien champion parisien. On le voit partout avec ses cheveux gominés et sa longue silhouette. À la mairie, à la préfecture, mais aussi au « petit château », cette grande maison bourgeoise du quartier du Busca que la Gestapo a fini par préférer à l'hôtel de l'Ours blanc. C'est qu'il leur faut de la place, à tous ces gens. Ils sont de plus en plus nombreux, officiers allemands mais aussi fonctionnaires français zélés, à traquer les supposés adversaires du Reich : résistants, juifs, communistes, homosexuels, artistes, intellectuels. Sans oublier ces sportifs de haut niveau, adulés par le peuple et qui, parfois, se croient tout permis. À entendre Félix, toujours bien introduit chez les édiles locaux, on fait aussi beaucoup la fête au petit château.

— Le dernier étage, si tu savais, est un véritable lupanar. Un rassemblement de viveurs qui organisent des parties fines jusqu'au bout de la nuit. Carton, semble-t-il, n'a pas besoin de bristol. Il est ici chez lui. Il est même l'un des maîtres de cérémonie.

Ce qu'apprend Alfred, pourtant, le foudroie : depuis plusieurs mois, Carton dirige le service Jeunesse et Sports de la Milice de Haute-Garonne. Il a troqué ses vestes en tweed et ses pantalons de flanelle pour les uniformes cintrés des suppôts de la Gestapo. L'ancien beau gosse des quartiers chics de Paris ne serre plus les mains : il fait le salut nazi. Et participe à des soirées de propagande où il se propose de « définir le rôle que joue l'éducation physique et sportive de l'homme dans la révolution nationale ». Cartonnet ne lâche plus Alfred d'une semelle. Son ex-rival dans les bassins veut sa mort sportive. *Peut-être même rêve-t-il de me voir crever...* Alors qu'approchent les championnats de France organisés à Toulouse, les journaux locaux, sous contrôle de la Gestapo, se déchaînent contre lui. Pas question qu'un juif d'Algérie représente la ville. L'organe collaborationniste *Je suis partout* dégouline de haine. Et de menaces. « Nakache est le moins défendable des juifs, le youtre le plus spécifiquement youtre de toute la youtrerie. Un vil personnage qui relève pour le moins du camp de concentration... »

Début juillet 1943. En plein entraînement, Albin Minville fait sortir Alfred de l'eau.

— Habille-toi et rejoins-moi dans mon bureau.

Pourquoi cet air sinistre ? Alfred ne sent rien de bon. Depuis plusieurs semaines, la pression est trop forte. Aux abords du gymnase, les hommes de Cartonnet, enveloppés dans leurs longues gabardines, sont aux aguets. Ils épient les entrées et les sorties, prennent des notes sur leurs petits calepins, repartent en trombe dans leurs tractions avant. De Paris, Émile a confirmé à Alfred que la répression contre les juifs français, et non plus seulement étrangers, s'intensifiait de jour en jour, qu'il fallait qu'il se cache en Espagne. Ils y ont bien pensé avec Paule. Ils ont même, un soir, rejoint un groupe qui préparait la traversée des Pyrénées avec un passeur. Mais les pleurs d'Annie risquaient de tout faire capoter. Surtout, il ne s'est jamais vu quitter le navire, abandonner sa bande de Dauphins.

L'autre jour, sur la terrasse du Bibent où il prenait un café, un homme, en partant, a négligemment jeté sur la table un magazine. Cela ressemblait à un numéro de *Match*, le journal à la mode qui raconte la vie des stars. Mais, au premier coup d'œil, Alfred a compris : le magazine était le pastiche ignoble du numéro de *Match* de juillet 1938 où il avait posé en dernière de couverture, pleine page, sourire jusqu'aux oreilles et langue tirée, comme d'habitude.

Ce numéro de *Match*, Paule le garde précieusement. On y célèbre la moisson de titres d'Alfred : championnats de France, records d'Europe. Une consécration. Les auteurs du torchon ont repris la maquette, déformé la photo d'Alfred, rendu sa langue plus pointue, enfoncé et réduit la taille de ses yeux... et changé le nom du journal : *Les pitres du sport, supplément du magazine* Revivre, *le grand magazine illustré de la race.*

Alfred s'est penché pour balayer l'article. Titre du papier : *L'idole des bassins enjuivés.* Ce qu'il a lu, sous la plume de Jean Dauven, était d'une violence inouïe : « Il faut en finir. Il importe d'épurer le sport français de ses juifs. Grâce aux mesures générales, ce nettoyage partiel sera d'ailleurs plus facile à réaliser que celui qui consistera à lessiver du sport français la crasse mercantile par laquelle l'esprit juif, dans toute sa cupidité et son hypocrisie, règne encore sur notre sport et le maintient dans la fange. » Dénonçant avec force l'absence de mesures radicales dans le champ sportif et la complicité coupable de la Fédération française de natation, Dauven poursuit : « Les juifs peuvent toujours se prévaloir des mêmes avantages et ils ne se font pas faute d'en user. C'est l'une des rares circonstances où, dépouillant les vêtements marqués de l'étoile jaune, ils se retrouvent comme les autres. »

— Assieds-toi, Alfred, ce que j'ai à t'annoncer n'est pas facile, soupire Alban. Les Allemands s'opposent fermement à ta participation aux championnats de France. Émile-Georges Drigny[1] et la fédération ont essayé de te protéger en organisant la rencontre, non pas à Paris, comme prévu, mais ici à Toulouse. Ils ne peuvent plus rien faire.

— Mais… ?

— Mais tes camarades ne l'entendent pas ainsi. Si tu n'as pas le droit de concourir, ils boycotteront la compétition.

Alfred bredouille qu'il ne veut pas qu'ils passent à côté de ce pour quoi ils s'entraînent

1. Émile-Georges Drigny, qui avait fait le portrait de Nakache dans *Le Miroir des sports*, deux ans auparavant, est devenu président de la Fédération française de natation en 1942. Il y restera jusqu'en 1949.

toute l'année. Au fond de lui, pourtant, cette décision lui réchauffe le cœur.

— Ils vont se déterminer individuellement, en leur âme et conscience. Malgré les menaces de la Gestapo, ceux qui boycotteront ne seront pas sanctionnés par le club, je t'en fais la promesse, Alfred.

Avant de regagner son appartement, Alfred décide de passer par le gymnase. Besoin de faire le vide, de penser à autre chose. Au fond de la salle, il voit Aaron soulever de la fonte. En l'apercevant, il fait retomber sa barre lourdement.

— Ils t'ont viré, c'est ça ?

— Comment tu as deviné, Aaron ?

— Notre armée a ses oreilles. Ce Cartonnet ne t'aura rien épargné. On va s'occuper de toi, Alfred. La situation n'est pas chaude, elle est brûlante.

— Je crains d'avoir déjà les mains cramées.

L'annonce de son éviction du championnat s'est répandue comme une traînée de poudre dans toute la ville. Au Bibent, devant un verre de blanc, Félix est formel :

— Les Toulousains vont montrer à ces salopards de quel acier on est faits. Les gradins seront un vrai gruyère. Et tes Dauphins, ils vont décider quoi ?

— Je ne leur demanderai rien, je ne veux pas les mettre dans l'embarras.

Depuis combien de temps Alfred n'a pas ri comme un gamin ? Et la dernière fois qu'il a tiré la langue, en roulant des yeux, pour faire le clown, c'était quand ? En y pensant, il a l'impression de parler d'un autre que lui. Comme l'avait prédit Félix, aucun des Dauphins ne prendra le départ. *Des costauds. Des vrais.* Les nageurs toulousains déserteurs sont suspendus. Le président du club, Guillaume Le Bras, est radié à vie. Pendant ces deux jours de compétition, Paule et Alfred ne sont pas sortis de leur appartement. Deux jours entièrement consacrés à Annie. À leur enfant. Seuls au monde.

*

La semaine suivante, au gymnase, Aaron lui glisse discrètement un papier dans la poche. Dans l'arrière-salle où il stocke du matériel, Alfred le déplie. C'est un communiqué de Fraternité, l'organe de liaison des « forces françaises contre la barbarie raciste ». Il le relit plusieurs fois. Ému par ce soutien. Rassuré aussi par cet esprit de combat qui se déploie dans l'ombre.

Vous connaissez Nakache ? Parbleu, tout le monde le connaît. Il est champion de France des 100 et 200 mètres nage libre, et recordman des 200 mètres brasse. Il a plus fait pour le prestige de la France et pour la jeunesse sportive française que tous les Pascot[1] *et Cie. Mais, car il y a un mais, Nakache est Français juif. Quelle insolence de la part d'un juif de nager plus vite qu'un* [...] *Cartonnet* [...] *ou autre milicien...*

---

1. Joseph Pascot est un ancien demi d'ouverture de l'équipe de France de rugby. Colonel de l'armée de terre, il dirige, sous Vichy, le cabinet de Jean Borotra, puis succède à ce dernier.

[...] *Aussi lui fut-il interdit de participer au dernier critérium de natation. Mais c'était mal connaître le public sportif toulousain, et surtout les nageurs du Toulouse Olympique Employés Club (TOEC) et du Toulouse Athletic Club (TAC). Ces derniers, indignés de cette mesure de racisme imbécile, se sont solidarisés avec Nakache et ont refusé de participer au championnat, malgré les menaces de Pascot, commissaire général aux Sports...*

[...] *Les gradins ont retenti pendant dix bonnes minutes des cris de : NAKACHE ! Les vrais sportifs toulousains manifestèrent ainsi leur répulsion pour ceux qui, en sabotant les sports, se font les protagonistes des méthodes teutoniques.*

— Tu n'es pas seul, Alfred, lui souffle Aaron, la main sur l'épaule.

Pourtant, un à un, les journaux sportifs cèdent à la censure de Vichy et de la Gestapo, plaçant brutalement Nakache dans l'anonymat et le silence. On tait les raisons de son absence des critériums. Il n'existe plus. Ou uniquement dans des feuilles antisémites qui n'ont plus de limites. Le journal *Au pilori*, dans son édition du 23 août, verse dans le graveleux : « Le juif Nakache, brillant représentant de la France en natation, n'a pas participé aux critériums de France. Parce que blessé. Où cela blessé ? Au prépuce ? Un coup de sécateur malheureux ? »

Auschwitz, infirmerie

Dans la pénombre de l'entrée de l'infirmerie, Alfred voit réapparaître la silhouette de Willy Holt, le jeune peintre dédié aux caprices, parfois les plus extravagants, des officiers SS. Son visage est tordu de douleur. Depuis plusieurs jours, il lutte contre un phlegmon, amas de pus à la cheville gauche, résultat des marches forcées dans des galoches dures comme du bois, qui ne fait qu'empirer.

— On m'a donné pour toi ces trois pommades, soupire Alfred. Je ne peux pas te dire laquelle choisir...

— Jolies couleurs, grince Willy. Blanc-gris, rose tendre, citron soufre. Allez, commençons par la rose.

Alfred applique la crème sur l'enflure qui lui déforme le pied. Il masse la cheville délicatement tandis que Willy serre les poings.

— Alors, ça se passe comment au Kommando 78 ? chuchote Alfred pour le détourner des brûlures qui lui remontent jusqu'au genou.

— La plus belle des planques, juste après les cuisines, ironise-t-il. On est une dizaine d'artistes emmenés par un kapo polonais, lui-même peintre et plutôt bienveillant, Tadek. Il vient de Lodz, où il a laissé sa femme et sa petite fille. Il m'en parle souvent, avec beaucoup d'émotion.

À ces mots le cœur d'Alfred se serre. Willy a oublié que tout lui rappelle Annie.

— Et que peins-tu pour eux ? enchaîne Alfred pour dissiper ce coup de poing involontaire.

— Si tu fais l'impasse sur les fantasmes des uns et des autres, essentiellement des portraits de famille. Je ne te dis pas que c'est un travail gratifiant, mais c'est matériellement rentable. Les honoraires les plus courants sont à base de nourriture : pain, galette polonaise, parfois du sucre. Le plus souvent, des cigarettes, l'échange le plus facile à dissimuler.

— Tu fumes ?

— Jamais fumé. Je peux t'assurer que le spectacle de la dégradation par le tabac ne m'incite pas à le faire. Du coup, j'échange les cigarettes contre de la nourriture. Ça me permet de secourir les malades de sous-nutrition ou bien de dépanner les fumeurs en état de manque dramatique et qui risquent de sombrer.

— C'est à ce point ? relance Alfred en étalant, cette fois, la pommade citron soufre sur la chaire gonflée de Willy.

— Tu n'imagines pas. L'autre jour, par curiosité, je me suis approché d'un groupe de six détenus accroupis en cercle. Ils étaient réunis pour fumer à tour de rôle une cigarette. Soudain, j'ai vu naître l'idée de meurtre dans certains yeux.

— De meurtre ?

— Oui, de meurtre. Si un gars tire trop fort sur sa clope, trop longtemps, le pire peut se produire.

— Des hommes prêts à tuer pour une bouffée de tabac, on en est là, ponctue tristement Alfred.

*

Quelques jours plus tard, Willy retourne à l'infirmerie, le pas plus alerte.

— Alors, ce phlegmon ? demande Alfred en le voyant arriver. Ça m'a l'air sur la bonne voie.

— Je te le confirme, mais je ne suis pas sûr que ce soit grâce à ta poudre de perlimpinpin.

Puis, en s'approchant de son oreille :

— Trouve-moi quelque chose pour les maux de tête. J'ai le crâne vrillé. Je n'arrive plus à enchaîner deux coups de pinceau et le commanditaire de Tadek veut ses tableaux.

Alfred s'éclipse, s'entretient discrètement avec le professeur Waitz, qui fouille dans un tiroir et place des comprimés dans un mouchoir. Ne reste plus qu'à glisser ce dernier dans la main de Willy. En effectuant son tour de passe-passe, Alfred reprend la conversation sur un ton anodin.

— Et il veut quoi, cette fois-ci ?

— Des gouaches pour illustrer des livres de contes, à l'attention de ses enfants.

— Tu as commencé ?

— Oui, c'est étrange, cela me fait revivre des jours heureux que je croyais avoir oubliés, des jardins, des plages, des jeux, des forêts, des chiens, des fleurs, des potagers. Le contraste avec ce qu'on subit ici avive mon imagination.

— Comment cela ?

— C'est comme si les crayons, les brosses se lançaient presque sans moi dans une poésie graphique dont je suis incapable.

— Et ça lui plaît ?

— Ses enfants adorent.

Alfred se tait, les yeux soudain ailleurs. *Cet heureux père aura-t-il une pensée pour tous ceux qu'il a vus partir hurlant de terreur ?*

Toulouse. 20 décembre 1943

Dans un petit matin sans ciel, ils frappent à la porte comme des brutes.

— Police, ouvrez !

Alfred enfile une robe de chambre, s'avance vers l'entrée de l'appartement.

— Que me voulez-vous ?

— Ouvrez ou on défonce la porte !

Paule est allée retrouver Annie qui s'est mise à hurler, affolée par le bruit. À peine a-t-il tourné la poignée qu'une dizaine d'hommes en noir s'engouffrent dans toutes les pièces, le bousculant au passage sans ménagement.

— Vous êtes en état d'arrestation, Alfred Nakache, ordre de la Gestapo. Nous vous conduisons au quartier général.

— Et mon épouse ? Et ma fille ?

— Elles partent avec vous. Ne prenez avec vous que quelques vêtements, rien d'autre, ce sera suffisant.

Ils se préparent à la va-vite, empilant quelques affaires dans une petite valise. Sans même y penser, Alfred retire deux photos de leurs cadres et les glisse dans la poche de sa veste. Sur la première, sa famille, au grand complet, pose fièrement au bord de la piscine de Sidi M'Cid. La deuxième est un portrait d'Annie, le jour de son premier anniversaire. Au petit château, où on les a fait asseoir dans le hall du rez-de-chaussée, leur arrivée passe inaperçue. Des officiers de la Gestapo palabrent avec des membres de la Milice dans des volutes de fumée bleue. Des secrétaires chargées de dossiers montent et descendent les escaliers en faisant claquer leurs talons. Il fait chaud dans cette maison, très chaud. À moins que ce ne soient leurs corps qui réagissent et tentent de s'adapter à ce cataclysme.

Une heure au moins a passé quand un fonctionnaire français, élégant et courtois, prie Alfred de le suivre à l'étage. Le chef de la Gestapo en personne, le SS Karl Heinz Müller, tient à le voir.

— Monsieur Nakache ! hurle-t-il au moment où Alfred pénètre dans son bureau. Quel plaisir de vous rencontrer !

Il s'approche comme s'il voulait lui serrer la main. Mais s'arrête net, en le détaillant de la tête aux pieds.

— Je vous croyais plus grand, mon ami, plus costaud aussi, pour un recordman du monde de natation.

Son ironie le laisse de marbre. Il ne répond rien.

— Pensez bien que je connais votre carrière sur le bout des doigts, enchaîne-t-il en se servant un café. Je crois bien, d'ailleurs, qu'aux Jeux olympiques de Berlin, devant notre bien-aimé

Führer, votre équipe a battu la nôtre. Ce n'est pas joli, joli, monsieur Nakache. Tout comme vos petits rendez-vous secrets avec l'Armée juive dans cette belle campagne toulousaine.

L'Armée juive... Deux mots qui, dans sa bouche pincée, le condamnent à mort. Son corps se raidit.

— Détendez-vous, Alfred. Vous aurez tout le temps à la prison Saint-Michel de repenser à vos exploits. En attendant le grand voyage. Emmenez-le !

Menottes dans le dos, Alfred repasse devant Paule et Annie. Il a la tête penchée vers le bas sous la pression de la pogne d'un soldat qui lui écrase le cou. Il entend la voix de Paule qui cherche à lui dire quelque chose, mais ses mots se perdent dans le brouhaha du hall. Au moment où il franchit la porte, son cri le transperce.

*

À la prison Saint-Michel, énorme bâtisse aux allures de château fort, un gardien le reconnaît au premier coup d'œil. Rodolphe Debrand. Il a travaillé, un temps, au TOEC, comme agent d'entretien. Pendant la balade, il lui confirme que Paule est détenue dans l'aile réservée aux femmes.

— Et Annie ?

Il hésite, mal à l'aise.

— Aux dernières nouvelles, elle a été placée à la maison maternelle de la rue Sainte-Lucie. Elle est en sécurité.

Annie arrachée à sa mère. À ses parents. Ils ne reculent devant rien. Rodolphe le réconforte comme il peut, sous l'œil suspicieux de son supérieur qui, de l'autre côté de la cour, les fixe en jouant avec ses clés.

— J'ai des amis en ville, Alfred, qui veilleront sur elle, ne t'inquiète pas. Et Minville est passé, on m'a dit. Il a acheté une peluche pour ta fille.

Alfred esquisse un sourire triste. Il essaye de ne pas se laisser gagner par l'émotion.

— Et les journaux, ils ont dit quoi ?

— Je ne sais pas, Alfred.

— Rien, c'est ça ?

— Je ne sais pas. Cela n'a pas d'importance.

— Rien, alors[1].

— On va s'en occuper, ne t'inquiète pas.

— Promets-moi de t'occuper de Paule. Dis-lui d'être forte.

Alfred partage une cellule avec Alain, un jeune résistant du réseau FTP-MOI[2]. À lui seul, ce gars est un rempart contre le découragement. Il ne doit pas avoir plus d'une vingtaine d'années. Les cheveux blonds et longs plaqués en arrière, un visage creusé et anguleux, des yeux bleus très clairs mais terriblement cernés et comme striés de taches de sang. Ce jeune arbore une

---

1. « Traqué par les médias antisémites, au départ auréolé par la presse sportive, le nageur est arrêté et déporté dans le silence médiatique le plus complet », note l'historienne Doriane Gomet (*op. cit.*).

2. Les Francs-tireurs et partisans-Main-d'œuvre immigrée (FTP-MOI) sont les unités de la Résistance communiste qui, à partir d'avril 1942, ont conduit la guérilla dans les grandes villes de France contre l'occupant nazi.

décontraction insolente, mais il a souffert, ça se voit au premier regard. Le nom de Nakache lui rappelle quelque chose, bien sûr, mais il lui avoue ne pas beaucoup s'intéresser au sport. Cela n'a aucune importance. Lui, il a fait des études de lettres à Toulouse.

— Heureusement que j'ai les livres pour penser à autre chose. Du moins ceux qu'on nous laisse.

Ce qui inquiète Alfred, c'est ce qu'Alain lui dit sur le sort réservé aux juifs. Il lui parle du camp d'internement de Drancy, au nord-est de Paris, et des convois pour Auschwitz, en Pologne, où beaucoup périssent.

— Il faut te sortir d'ici, lui dit Alain, mais les Boches sont partout dans la région, c'est de plus en plus difficile.

Lui n'a pas beaucoup d'illusions sur ce qui l'attend. Il est accusé de terrorisme. Une grenade lâchée sur le passage d'un convoi SS. Son chef, Marcel Langer, a été guillotiné dans la cour, le 27 juillet dernier. Tout comme plusieurs de ses camarades : Conchita, Maurice, Sylvain, Angèle, Raymond, Alice.

— Dans ce champ de ruines, sourit-il, il faut garder espoir. Tu connais André Malraux, le grand écrivain ? Il a eu le prix Goncourt il y a tout juste dix ans pour un bouquin fantastique : *La Condition humaine*.

— À part les manuels de natation, je ne lis pas beaucoup.

— Ce livre raconte comment un groupe de communistes révolutionnaires a préparé le soulèvement de la ville de Shanghaï en 1927.

Et ça nous dit que la conscience de l'absurde peut coexister avec la certitude de pouvoir triompher de son destin...

— Comment ?

— Grâce à l'engagement dans l'histoire, Alfred.

— Et il se l'est appliqué à lui-même ?

Ses yeux s'éclairent d'une lueur de malice.

— Oh que oui ! Cet intellectuel reconnu est aussi un farouche résistant. Il a bataillé dans le maquis du Lot avant d'être arrêté et enfermé ici. Mais c'était compter sans les frères Angel. Ces deux-là n'ont pas hésité à faire le coup de force. La veille du transfert programmé de Malraux en Allemagne, ils l'ont arraché de la prison. N'oublie pas cette histoire, Alfred, elle te portera chance.

À son tour, Alain invite Alfred à parler de lui. Le Dauphin montre sa photo de famille, ses parents, ses deux frères. Et celle d'Annie que les gardiens l'ont autorisé à conserver. Par cette nuit d'hiver, la première derrière des barreaux, Alfred embarque son compagnon de cellule dans un long voyage vers Constantine.

Le silence du Forain

De sa cellule de la prison Saint-Michel, François Verdier apprend, stupéfait, qu'Alfred Nakache, le grand champion, le Dauphin de Toulouse, a été arrêté avec sa femme et sa fille, quelques jours seulement après sa propre interpellation. Il a admiré Artem dans les bassins, applaudissant à tout rompre à ses exploits. Patron d'une entreprise de négoce de machines agricoles, juge au tribunal de commerce de Toulouse, et grand amateur de sport, il est le chef de file du plus grand réseau de résistance de Haute-Garonne. Mais Alfred l'ignore. Tout comme il ne connaît pas son nom de code : Forain.

Le 13 décembre 1943 au matin, Verdier a été raflé avec une centaine de résistants. Pour cette opération baptisée « Minuit », des unités SS et des Feldgendarmes ont prêté main-forte à la Gestapo et à ses auxiliaires. Un coup de filet dévastateur pour la Résistance. Mais, ce jour-là, enfermé entre quatre murs, Forain ne pense qu'à Nakache, furieux qu'on s'attaque à l'une des gloires du sport français. Physiquement, l'homme dégage une image de droiture et de force impressionnante – port de tête impeccable et regard noir profond – que la violence des coups reçus sur son visage n'altère en rien. Il se saisit d'un stylo et décide de lui faire passer un mot clandestinement.

À l'arrivée, c'est Alain, le jeune résistant du réseau FTP-MOI avec lequel Nakache partage sa cellule, qui hérite du message roulé en boule.

— Tiens, lis ça, c'est pour toi, je t'expliquerai...

Alfred s'assied sur la banquette et déplie avec précaution la feuille de papier : « Mon cher Alfred, j'étais là, l'année dernière, dans les gradins, quand vous avez pulvérisé le record d'Europe du 100 mètres papillon. Je n'avais jamais vu le déploiement d'une telle puissance. Votre sourire, surtout, en sortant du bassin, m'a ébloui. J'y repense souvent quand les jours se font tristes. Votre mise à l'écart, et maintenant cette arrestation, me révulsent. On vous en dira certainement plus sur moi dans les jours qui viennent – je n'ai ni la place ni l'imprudence de vous l'écrire ici –, mais sachez que je tenterai tout ce qu'il m'est possible de faire pour vous sortir d'ici. Prenez soin de vous, champion. Verdier. »

— Je le connais, Verdier, il est passé plusieurs fois à la salle, s'étonne Alfred. Chaque fois, il a eu un petit mot d'encouragement pour moi. Pourquoi est-il là ?

À voix basse, Alain confie :

— C'est le chef des Mouvements unis de la Résistance pour le secteur de Toulouse. Directement nommé par de Gaulle. Un type exceptionnel. À lui seul, il coordonne toutes les actions des MUR : réception des parachutages, préparation des sabotages, récupération de matériel, renseignement et contact avec les Alliés, recrutement, passages, gestion quotidienne des résistants passés dans la clandestinité, le tout sous couvert de ventes de faucheuses, de moissonneuses et de moteurs Japy.

— Il risque gros ?

— Je ne sais qu'une chose, Alfred : il ne parlera pas.

Avril 1944. Sport libre

À Paris, Émile remue ciel et terre pour avoir des nouvelles de son ami. Il court les clubs de natation dans l'espoir de recueillir des informations. En vain. Il a alors l'idée de recontacter des anciens de Janson-de-Sailly. Bonne pioche. L'un d'eux lui conseille de se rapprocher de Raoul Gattegno, l'animateur du réseau Sport libre fondé par les communistes de la Fédération sportive et gymnique du travail. Sport libre dénonce à longueur de tracts les mesures contre les juifs et l'aryanisation forcée du sport français. Lui-même juif originaire de Salonique, Raoul est le patron des imprimeries clandestines des Jeunesses communistes. Excellent basketteur, il déjoue les contrôles de plus en plus serrés de la Gestapo grâce à un passeport généreusement accordé par le consulat espagnol. Son camarade, Auguste Delaune, avec qui il a créé Sport libre, lui, est tombé. Arrêté le 27 juillet 1943 par la police française, il meurt deux mois plus tard des suites des tortures qu'il a endurées.

Malgré cette tension extrême, Raoul affecte un air serein, la meilleure des protections. Il a donné rendez-vous à Émile sur un banc du quai de la gare d'Ivry-sur-Seine, comme deux passagers ordinaires en attente de la prochaine rame. Il a des renseignements à lui donner.

— Tiens, c'est pour toi, sourit Raoul en lui tendant une superbe édition des *Maximes* de La Rochefoucauld.

— Fallait pas...

— Tu apprécieras, je pense.

Émile ouvre le livre et tombe, incrédule, sur les *Cahiers du bolchévisme*.

— Petit tour de passe-passe bien utile en ces temps compliqués, soupire Raoul.

— C'est quoi, votre plus gros problème aujourd'hui ? interroge Émile.

— Le papier. De plus en plus difficile à trouver.

— Nous, c'est le blé qui manque, la meunerie familiale est quasiment à l'arrêt.

Raoul jette un coup d'œil aux voyageurs massés sur le quai. Puis, sans transition, la voix basse :

— Alors comme ça, tu es un ami de notre champion des bassins ?

— C'est un frère pour moi. Je sais juste qu'il a été embarqué.

— Ce que j'ai à te dire n'est pas rassurant. On a préparé un tract qui part demain à la ronéo.

Raoul tire de sa veste un papier et le glisse dans la main d'Émile. Ce qu'il lit lui glace le sang.

NAKACHE ET YOUNG PEREZ SONT EN SILÉSIE !!!

Poursuivant leur plan d'anéantissement de la race française, les Boches s'attaquent aux meilleurs champions que possède la France.

NAKACHE, le meilleur nageur d'Europe, a été arrêté récemment par les autorités d'occupation. Ainsi que sa femme et sa petite fille. Tous les trois sont déportés dans des directions différentes. Nakache a été envoyé en Silésie, dans des mines de sel, d'où l'on ne revient pas, et il a retrouvé là YOUNG PEREZ, le petit boxeur tunisien, qui fit briller d'un éclat particulier les couleurs de la France, puisqu'il détient un titre de champion du monde. Maintenant Young Perez est tuberculeux et, par la volonté des Boches exécrés, celui qui fut un athlète envié, admiré, respecté des foules, n'est plus qu'une loque humaine et ses jours sont comptés.

Si les sportifs de France ne réagissent pas, NAKACHE subira le même sort.

Pour sauver les emprisonnés, pour les sortir des geôles hitlériennes, l'action est décisive. Ne pas faire l'effort nécessaire pour arracher les champions français des mains des Boches serait impardonnable.

Debout sportifs de France !!! À l'action contre les naufrageurs du sport et de la jeunesse française. Sur tous les terrains et sans jamais vous lasser, réclamez sur l'air des lampions : NAKACHE, YOUNG PEREZ, MATLLER.

Que les Boches et leurs valets, les miliciens SS/ Cartonnet, Gibel [...] *sentent passer la colère vengeresse des sportifs de France* [...].

Faites des inscriptions sur les stades et dans les piscines.

Huez ceux qui ont vendu votre sport aux ennemis de la Patrie.

Expliquez autour de vous, à vos camarades, comment les gouvernants actuels détruisent le sport pour satisfaire leurs maîtres.

Adhérez à « SPORT LIBRE » qui lutte contre toute cette racaille et qui prépare le terrain, pour faire un sport vraiment libre après la guerre, afin de donner à notre pays une jeunesse forte et heureuse de vivre.

— Sport libre –
(*Adhérent aux Forces unies
de la jeunesse patriotique*)

Alfred en Silésie, au fond des mines de sel. Avec Perez et Mattler, l'ancien capitaine de l'équipe de France de football. Le visage d'Émile est pris d'un tremblement qu'il peine à réprimer. Sur Mattler, un flash lui revient. En décembre 1938, à Naples, « le déblayeur » avait fait sensation après le match revanche Italie-France. Il était monté sur la table d'une auberge noire de tifosis et, malgré la défaite, droit comme un I, avait entonné la *Marseillaise*. L'acte de bravoure avait été salué dans la plupart des journaux. Dans le tract, Jacques Cartonnet, le rival de Nakache, est nommément visé. Celui-là, Émile s'en était toujours méfié. Alors qu'il pointe du doigt le nom de Cartonnet sur le papier, l'œil interrogateur, Raoul répond par un haussement de sourcils qui laisse présager pour le nageur milicien des jours difficiles.

— Et Paule, et Annie ? Où sont-elles ? demande Émile.

— Je n'en sais pas plus. Si j'apprends quelque chose, je te ferai venir.

Raoul se lève brusquement. Sans un regard, il monte dans le train qui vient de s'arrêter en gare.

Juillet 1944. Les bras en croix

Secourir les plus faibles des détenus aide Alfred à supporter sa propre souffrance. À oublier qu'il n'a pas de nouvelles des siens. À effacer de sa conscience ce qui relève de l'évidence : l'usine à tuer qu'est ce camp d'Auschwitz. Une machine à exterminer, dont les chambres à gaz et les fours crématoires, ce n'est plus un secret pour personne, sont les rouages mortifères.

Comment le peuple allemand a-t-il engendré cette monstruosité ? Comment la France, qui l'a jeté dans un train avec Paule et Annie, les a-t-elle livrés à ces barbares ? Hier encore, avec le professeur Waitz, lors d'une visite à un SS malade des poumons, ils ont longé un monticule, semblable à un terril, qu'ils n'auraient jamais dû voir : un amas de cadavres compactés, hérissé, ici ou là, de bras et de jambes statufiés. Comme des tiges d'acier tordues dépassant d'un bloc de béton. Plus les mois avancent, plus cette odeur de mort imprègne leurs vêtements.

Se baigner dans les réserves d'eau, à l'autre bout du camp, devient une nécessité. Purification physique, mentale, vitale. Samedi dernier, à la nuit tombée, ils ont de nouveau fait la course avec Noah. Lui en nage libre, Artem en brasse. La star des bassins a entravé ses jambes avec un élastique pour se donner un handicap. Dans cette eau lourde et sale, Alfred a gagné d'une courte tête. Bien qu'amaigri, les muscles en compote, il a encore de la glisse. C'est déjà ça. Le Dauphin n'a pas encore totalement échoué sur les rives de l'horreur.

Après la course, sur le dos, les bras en croix, les deux nageurs paressent longuement au milieu du bassin. Comme deux planches de bois de grève à la dérive. Charles, le dernier guetteur posté à l'arrière du bassin, lui fait un signe. Ils ont tout leur temps. Pas un mouvement de bottes dans le camp endormi. Alfred a une confiance totale dans Charles. Chaque fois qu'il le peut, il soutire de l'infirmerie des feuilles de papier pour que ce passionné d'Art Déco travaille ses plans d'immeubles. Ce garçon a deux obsessions : les toits-terrasses et les bow-windows.

Détendu, le corps à moitié immergé, Alfred reparle à Noah de l'Algérie. *Pourquoi*, songe-t-il, *l'enfance se rappelle toujours à moi ?* Il lui raconte la Coupe de Noël de Philippeville, dans la baie de Skikda, qui a fait de lui un espoir de la natation, lui décrit la beauté sidérante de ce rivage d'où surgissent, dans l'eau claire, des chapelets de rochers. Et, au milieu, posé sur une île montagneuse, un immense phare blanc. Qu'il en a rêvé, dans ses nuits agitées, de ce phare majestueux, vigie d'un monde désormais englouti. Les souvenirs comme dernières amarres.

— Je t'ai déjà parlé de ma grand-mère Sarah ?

— Jamais.

— Le don de soi. La générosité incarnée. Elle passe ses journées dans la cuisine familiale de Kar Chara à concocter des petits plats. Le soir, elle s'endort, épuisée, sur sa chaise basse. Sa petite cuisine sent le pain chaud, la menthe, la coriandre. Elle est la championne du monde du sorbet au citron, le Créponné comme on l'appelle. À Constantine, c'est une institution. Tous les jeunes, l'été, se retrouvent rue Caraman et place de la Brèche pour s'offrir un Créponné. Ma grand-mère, elle, le fabrique elle-même. Tu veux connaître sa recette ?

— J'en salive déjà.

— D'abord, elle prépare le sirop de sucre avec du jus de citron pressé qu'elle verse dans la cuve de la sorbetière, une vieille sorbetière en bois cerclé. Elle remplit ensuite le récipient de glace brisée et pilée au marteau. Elle ajoute du gros sel et elle tourne, elle tourne, elle tourne à s'en casser les bras, jusqu'à ce que le liquide citronné prenne une forme mousseuse. Un régal.

— Tu l'aimes, ta grand-mère…

Alfred répond par un sourire empli de mélancolie qui lui tord le visage. Puis, il retrouve son regard d'enfant : « Je l'ai toujours observée éplucher et débiter les légumes, les citrons, en tranches ou en dés, à une vitesse prodigieuse. Des gestes de prestidigitateur. Sa vue était faible, son corps presque impotent, mais les mains d'une agilité surprenante[1]. »

---

1. D'après les souvenirs de Claude S. sur sa propre grand-mère.

Alors que Léon, Gérard et Charles maintiennent leur vigilance, Noah lui montre le ciel constellé d'étoiles. Le Berger, la nébuleuse d'Orion, l'amas des Pléiades, il les connaît toutes. Dans ce collier d'éclats dorés, Alfred croit distinguer les yeux de Paule. « Un clin d'œil du Grand Créateur », plaisante Noah en entamant une roulade arrière.

Des sifflements. Un premier. Un deuxième. Les messages d'alerte imitent le chant de la mésange. Les bruits de bottes approchent. Sortir de l'eau au plus vite. Enfiler son pyjama le corps mouillé. Remonter vers les baraquements en suivant l'itinéraire tracé par les guetteurs. Dépasser la peur. Rester des hommes. Sept dimanches d'affilée, pendant l'été, Alfred et Noah bravent les nazis pour ces moments d'éternité. Jusqu'aux frimas de novembre et le retour du grand froid.

Octobre 1944. L'Écho d'Alger, journal républicain du matin

Le champion Nakache est mort victime des Boches en Silésie

*

Alger. – Le Patriote de Lyon *donne, sous la signature de M. Henri Berne, des renseignements suivants sur la mort dans un camp de concentration du champion français de natation recordman du monde Nakache : « Nous ne verrons plus dans les bassins cette grande figure de la natation française. Nous ne verrons plus notre champion. Sa vigueur physique n'égalait que sa propre morale : « Artem » est mort victime des Boches parce qu'il était israélite.*

On sait qu'aux championnats de France à Toulouse, le C.G.[1] *l'obligea à s'abstenir. Spontanément, ses camarades de sport, devant cette injustice, refusèrent de participer à la compétition, ce qui mit en rage ses ennemis, qui n'hésitèrent pas à le faire arrêter par des nazis. Nakache fut amené à Drancy, l'antichambre de la mort, avec sa femme et son enfant. Il fut ensuite*

1. Le commissaire général aux Sports.

transféré dans une mine de sel en Silésie. C'est de là qu'est parvenue la triste nouvelle.

Le seul recordman du monde que nous possédions a donc été assassiné par les Boches. Nakache était né à Constantine le 18 novembre 1915. Il est mort en pleine force, à 29 ans, alors qu'il pouvait encore accomplir de nombreux exploits.

Noël 1944. Auschwitz

Léon l'électricien n'a plus le cœur à chanter. Adieu Trenet. Plus de joie. Plus d'hirondelles. Que les corbeaux énormes qui tournoient dans la lumière aveuglante des projecteurs du camp. Depuis son arrivée, ce spectacle cristallise chez lui une vision d'apocalypse. Léon ne chante plus. Il raconte l'impensable. À Alfred, à Gérard, à Victor Perez, à Kid Marcel aussi, autre boxeur, un peu voyou celui-là, atrophié par Auschwitz. À tous, il raconte qu'hier, veille de Noël, en pleine nuit, lui et ses camarades du commando des électriciens ont été réveillés par un détachement de SS[1].

— « *Alles schnell raus* ! Sortez ! » nous a lancé l'officier, commence Léon d'une voix blanche. À quelques mètres du block, un camion nous attendait. Avec M. Morzan – *pourquoi tout le monde lui donne du monsieur, à celui-là ? Ce type inspire tout de suite le respect, c'est comme ça* –, on s'est dit que si c'était pour aller à Birkenau

1. D'après le témoignage de Léon Lehrer.

et au crématoire, le mieux était d'attraper un SS à la descente du camion, n'importe lequel, et de lui tordre le cou. On crèverait, mais lui aussi.

— Bien raison ! envoie Kid Marcel.

— Pendant le trajet, à travers la bâche, on ne comprenait pas où on allait. Ça ne sentait pas le gaz, c'était bon signe. Le camion s'est arrêté. Les kapos nous ont demandé de sauter. On s'est retrouvés dans un champ enneigé. Il devait être 3 heures du matin. Un froid de tous les diables. Devant nous, un peu plus loin, il y avait une voie ferrée, et sur les rails, un wagon. Pas un train, juste un wagon, seul. Les SS ont expliqué aux kapos qu'on devait aller dans le wagon, l'ouvrir, et tout ce qu'on y trouvait, on le mettait dans le camion. Je ne sais plus qui a fait glisser la porte. À l'intérieur… des bébés. Que des bébés. Des petits enfants très jeunes qui avaient tous l'air morts, habillés ou nus. Ça sentait pas bon.

— Arrête, Léon, lance Perez.

— Non, continue, coupe Alfred, qui se dit que Léon doit parler.

— Alors il a fallu sortir les bébés et les transporter dans le camion. Les SS nous ont expliqué qu'il fallait bien les ranger parce que le volume des deux n'était pas compatible. Il y en avait beaucoup plus dans le wagon qu'on ne pouvait en mettre dans le camion. On grimpait, on prenait un bébé, on ressautait, on allait jusqu'au camion qui était à dix mètres de là et on rangeait bien le bébé mort. On a fait ça cinq fois, dix fois, vingt fois. Dans le camion, ça commençait à monter. On enchaînait les allers-retours. À un moment, Morzan s'est trouvé dans une file, moi dans l'autre, on s'est croisés. Et quand on s'est croisés, Morzan était debout, au milieu, pétrifié avec un bébé dans les bras. Je lui ai dit : « Attendez, monsieur Morzan, qu'est-ce qui se passe ? » Il m'a répondu : « Léon, le bébé, il n'est pas mort. » Alors j'ai laissé ma file, je lui ai dit : « Venez, on va aller expliquer ça au SS. À deux, on est plus courageux. » On s'approche d'un SS et Morzan, en baragouinant un peu l'allemand, lui a expliqué que le bébé n'était pas mort, qu'il remuait. Le SS nous a regardés, nous a jugés comme deux idiots. Parce que lui, il l'avait, la solution. Il a pris dans les bras de Morzan le pauvre bébé par les pieds. Il a fait ça... et vlan, contre l'ossature du camion. Le bébé est tombé par terre.

— C'est bon, Léon, soupire Alfred en le prenant par l'épaule.

Mais l'électricien veut finir.

— Le SS a sorti un revolver, il a visé l'enfant, a tiré. Il nous a regardés et, avec un grand sourire, nous a dit : « *Kinder kaputt,* vous voyez bien que la solution, elle est simple : le Kinder, il est mort. » Morzan a ramassé le pauvre bébé et on l'a transporté dans le camion. Une fois le wagon vide, le camion est parti et les vingt SS nous ont ramenés au block.

Léon reprend son souffle.

— Il faisait jour déjà. Voilà, les gars, ma nuit de Noël.

Évacuation

Et pendant ce temps, au-delà des miradors, que devient le monde ? Des nouvelles éparses leur arrivent, bribes volées au détour de conversations entre officiers. Strasbourgeois, Robert Waitz, comme Noah, parle couramment l'allemand. Il comprend que les troupes soviétiques progressent à grands pas, que le IIIe Reich, si sûr de sa suprématie, se fissure de toutes parts, attaqué sur l'autre front par le débarquement américain.

L'étau se resserre et la rumeur dit même que Hitler est aux abois.

— Il faut tenir bon, Alfred, souffle Robert, avec l'affection d'un père.

De fait, au début de l'année 1945, la panique semble gagner l'état-major du camp. Des camions militaires remplis de malles croisent des détenus hagards, livrés à eux-mêmes. Les troupes de Staline ne seraient plus qu'à quelques kilomètres et aucun renfort suffisant n'est attendu d'Allemagne. Le 18 janvier 1945, l'évacuation est ordonnée. Les soldats courent de partout. Que vont-ils faire des détenus ? Plutôt que les laisser là, et filer, fissa, en Allemagne, ils regroupent les plus valides, forment des colonnes en hurlant comme des enragés, abandonnant ou abattant dans un déluge de mitraillettes les vieillards et les malades.

C'est le début de la marche de la mort.

Petit soldat

Un froid polaire à – 10 °C, des chiens qui aboient, des SS qui frappent les retardataires, parfois le bruit sec d'un coup de feu qui résonne dans la plaine, ils sont des milliers à avancer le long d'un bois, en formation de vingt rangs de cinq prisonniers, affamés et assoiffés, sans savoir où ils vont. L'enfer n'est pas derrière eux. Il a quitté, lui aussi, les baraquements d'Auschwitz pour accompagner leurs pas vers un nouvel abîme. Il ne les lâche pas. Mordant jusqu'au sang leurs corps martyrisés.

Alfred marche à côté de Noah, son copain de bassin. Est-il devenu un ami ? Il ne sait plus très bien ce que cela signifie, l'amitié. *Un partenaire, oui, un compagnon sûr et fidèle.* Victor Perez, aussi, le boxeur, les a rejoints. Victor est encore vaillant, même s'il porte les stigmates de sa détention. Il est décharné, a perdu presque toutes ses dents. Il n'a cessé de mettre les gants pour donner le change aux officiers nazis. Des combats tragi-comiques. Des matchs d'opérette. Passeports minables pour gagner le droit de vivre.

Comme Alfred, comme Noah, Perez aide les plus faibles à se relever. Dans des sursauts irréels d'énergie, il raconte des histoires drôles. La dérision comme béquille. Il feint une connivence avec les soldats qui les entourent. Des soldats parfois très jeunes, quinze ans, seize ans peut-être, dont l'effroi se lit sur leurs visages poupons. Les vivres manquent, même pour eux. C'est une fuite, une déroute, une marche sans but. *Sans frontière entre le jour et la nuit*. Quand les SS n'en peuvent plus, ils arrêtent la colonne. Alors ils se regroupent. Ils se collent les uns aux autres pour tenter de se réchauffer et trouver un peu de sommeil. Alfred a pris l'habitude de se caler contre le dos de Victor, recroquevillé comme un fœtus.

— Combien de temps, Victor, on résistera ?

Il respire fort, ne répond pas tout de suite.

— Sur un ring, Artem, le combat n'est jamais plié, tu le sais bien, souffle-t-il. Un round peut tout changer. C'est comme dans un bassin. Une contracture, une tasse avalée, et ton adversaire se retrouve à la remorque. Rien n'est écrit.

— Tu me fais penser à Alban, mon entraîneur à Toulouse, toujours optimiste avant une compétition.

— Monte-Cristo, mon vieux, n'oublie pas Monte-Cristo.

— Je ne sais même pas ce que sont devenues Paule et Annie. La nuit dernière, j'ai rêvé qu'elles étaient retournées à Constantine.

— Tu les retrouveras, Artem. Essaye de dormir.

Ce soir-là, Alfred a dû fermer les yeux une petite heure. Victor, lui, a sombré plus longtemps. Le Dauphin admire son mental, sa force d'âme. Dans les entrailles de son corps amaigri bat toujours le cœur du cogneur. Les jours passent et le paysage est immuable. Des arbres morts qui craquent dans le vent, des sentiers glacés, des plaines de neige assombries par un ciel bas et gris. Et la faim qui tenaille. Des hommes tombent sans se relever. La plupart du temps, ils sont achevés d'une balle de pistolet en pleine tête.

Mais il y a aussi ce gamin SS, dernière recrue d'un empire qui s'écroule, qu'Alfred voit s'approcher discrètement d'une silhouette au sol. Le pauvre homme a la main tendue vers le ciel. Le soldat lui pose un morceau de pain dans la paume. Il referme un à un ses doigts gelés sur la tranche pour éviter qu'elle ne finisse dans la neige. Il lui dit aussi quelques mots qu'Alfred n'entend pas, puis court vers sa patrouille. Ses chefs n'ont rien vu. L'homme au sol porte le pain à sa bouche en tremblant. Avec Noah, ils l'aident à se relever. À reprendre le pas mécanique de son corps sans conscience. *Qui est ce môme en uniforme ? La tenue SS lui va si mal.* Il se retourne pour vérifier que l'homme est de nouveau debout. Qu'il avance. Le petit soldat sourit en hochant la tête. Dans le chaos de cette marche dantesque, son geste est une lueur dans la nuit.

Pas ça, Victor...

C'est de la neige maintenant qu'ils engouffrent dans leurs gueules de pierre. De la neige pour calmer cette soif qui les dévore. Les louches remplies d'eau ne circulent plus. Plus une goutte à se mettre sur la langue. La plainte s'étire dans des gémissements insupportables. On dirait le grincement aigu d'un violon abîmé. Ou une scie qui les découpe les uns après les autres. Alors que la colonne s'est arrêtée pour permettre aux soldats de se ravitailler, Young Perez fait un signe à Alfred. Il a aperçu derrière le haut talus, au fond d'une clairière, la fumée d'une cheminée.

— Que veux-tu faire ?

— Chercher de la bouffe, Alfred.

— Mais tu es dingue ?

— Et Dantès, tu crois qu'il a fait quoi ? Les Boches sont suffisamment éloignés, c'est notre dernière chance.

Alfred n'a pas le temps de le dissuader de faire une bêtise pareille. Le boxeur quitte la colonne, grimpe le monticule, disparaît entre les arbres. Alfred essaye de le repérer, mais rien. Qu'un rideau d'arbustes déplumés et l'ombre d'une maison. Les minutes s'écoulent, interminables. Alfred a peur qu'un soldat revienne vers eux et constate son absence. Victor est connu. Une vedette qui attire l'attention. Et puis voilà qu'il surgit, les bras chargés de deux sacs de victuailles. Hilare, il gueule : « Y'en aura pour tout le monde ! » Au même moment, un SS sort du bois, réajustant sa braguette après avoir pissé. Il se tourne vers Victor. Le boxeur lâche ses sacs. Puis, à son tour, sans quitter du regard ses camarades, s'effondre sous une rafale de mitraillette.

Le SS hurle de se remettre en colonne de cinq, donne des coups de bâton pour accélérer le regroupement. Alfred est pris dans cet amas d'hommes terrorisés. Il ne voit plus Victor. Il voudrait mourir à son tour. Le ciel chargé de nuages a des couleurs de fin du monde.

*

Après soixante-dix kilomètres de marche, devant le camp de Gleiwitz, les SS séparent la colonne en deux. Dans quel but ? Pour aller où ? Les officiers refusent de leur donner des explications. Mais la rumeur, elle, parcourt les rangs de cette troupe de morts vivants. Il y a ceux qui partiront vers Dora et les autres qui, comme Alfred, gagneront l'Allemagne. Le sort, décidément, ne lui est pas favorable. Avec Noah, au milieu de ce no man's land, ils doivent se dire adieu. Alfred le serre dans ses bras.

— Tu m'as ébloui, mon garçon, fais quelque chose de ta vie.

— Promis, sourit-il. Je ne suis pas près d'oublier le nageur d'Auschwitz.

*

C'est dans un train aux wagons métalliques sans toit, à ciel ouvert, qu'ils sont poussés à coups de matraque. Sans nourriture aussi. Trois jours entassés comme des animaux. Comme il y a des mois, au départ de Drancy. Sauf que, cette fois, Alfred est seul. Sans Paule ni Annie, dont il n'a aucune nouvelle. Annie qui a un an de plus. Qui doit parler maintenant, danser, chanter, gaie comme sa maman. Sur leur parcours, à chaque arrêt, des villageois leur lancent des morceaux de pain pour assister, tordus de rire, aux bagarres désespérées que cette générosité provoque.

Alfred lutte contre la faim et la soif, mais aussi, comme tous ses compagnons d'infortune, contre le froid glacial qui s'infiltre de toutes parts. Le fracas du wagon sur les rails est insupportable. Ils sont des poupées désarticulées qui se balancent de droite à gauche, d'avant en arrière. Une migraine terrible lui vrille le crâne. À côté de lui, un homme d'un certain âge lui tient la main. Des larmes coulent sur son visage. Lui non plus ne sait pas où il va. Lui non plus n'a aucune nouvelle des siens. Les morts sont balancés par-dessus bord pour faire de la place. Comme à Auschwitz, un coup d'arrêt violent. Les rouages du train qui grincent puis soupirent. Et le silence. *La neige, la fumée, le vertige...* C'est donc là, le bout du chemin. Devant cette immense forteresse, dressée en haut de la colline de l'Ettersberg et soumise aux vents du Nord. Buchenwald, en Allemagne.

Nouvel internement.

Nouveau matricule : 122441.

Comme à Auschwitz, ordre est donné à tous de se mettre nus. Corps frigorifiés, affamés, couverts de poux. Certains sont malades du typhus. Devant eux, un grand bassin rempli d'eau noire.

— Descendez et traversez la tête enfoncée dans l'eau ! hurlent les SS.

Alfred a reconnu Léon. Le poulbot a peur. Il tremble de tout son être. Les SS accélèrent le mouvement à coups de gourdin. Alfred l'aide à descendre l'échelle de fer. Il lui tient la main en s'enfonçant lentement dans cette eau pâteuse qui les couvre au-dessus du cou lorsqu'ils touchent le fond.

— Prends une bonne respiration, lui souffle Alfred, et avance en apnée à pas réguliers. C'est une affaire de dix mètres, pas plus. Je me mets juste derrière toi.

Léon opine avec le regard immobile de celui qui confie sa vie à un ami. Autour d'eux, des hommes se débattent et se noient sans un mot. Alfred et Léon progressent lentement et atteignent l'autre rive. Alfred réunit ses forces pour pousser Léon d'un coup sec sur l'échelle. En haut, sur la dalle, des détenus armés de lances à incendie les attendent. Ils les arrosent avec une violence inouïe pour les débarrasser de la pâte gluante qui recouvre leurs corps fatigués.

Du désinfectant, ils nous ont immergés dans du Cresyl, du désinfectant à chiottes, pense Alfred, qui redoute les conséquences sur ceux qui ont avalé la tasse.

Dans ce camp sinistre et surpeuplé – chaque jour, des centaines d'évacués affluent de toutes parts, s'ajoutant aux détenus de départ –, les officiers nazis procèdent à la sélection. Un kapo s'approche de Léon :

— 172749, c'est bien toi ? T'es bien *elektriker* ? Bon, c'est toi que je cherche.

Alfred tend l'oreille :

— Il te dit quoi ?

— Qu'à une centaine de kilomètres, dans une ville qui s'appelle Sonneberg, il y a une importante usine de fabrication d'engrenages. Il leur manque des électriciens, des ingénieurs. Les services de la main-d'œuvre de déportés leur a fait connaître l'existence de notre groupe de spécialistes de Monowitz.

— C'est ta chance, Léon. On se retrouvera...

Le kapo interrompt brutalement leurs adieux. Alfred, lui, est conduit au « petit camp », à l'infirmerie du block des invalides. Il a été reconnu au premier coup d'œil par l'officier supérieur en charge de la sélection. Comme à Buna-Monowitz, le responsable SS a l'air de se réjouir de le compter dans ses rangs.

À Buchenwald, le petit camp porte un nom trompeur. C'est un énorme mouroir. On voit des hommes, debout, s'effondrer d'un seul coup. À l'entrée du baraquement, noyée dans la brume, une haute silhouette intrigue Alfred. L'homme porte un béret noir et de grandes lunettes rectangulaires qui barrent un visage oblong. Il boitille. Alfred est sûr de le connaître. Il s'approche de lui et l'identifie aussitôt : Roger Foucher-Créteau, journaliste toulousain, résistant, et frère d'André, un des nageurs de l'équipe des Dauphins. Roger, il s'en souvient, avait créé un journal clandestin, Les Légions françaises anti-Axe. Au bistrot, quand ils se croisaient, Roger ne cessait de dénoncer les dangers du nazisme.

— J'ai souvent pensé à toi, soupire Alfred en tombant dans ses bras. J'avais même l'intuition que je croiserais un jour ta route. Tu me crois ?

— Plus d'un an que je suis là, répond Roger d'une voix solide. Parle-moi plutôt d'Auschwitz.

— Une solitude indescriptible. Entre francophones, on s'est aidés comme on a pu. Je n'ai pas de nouvelles de ma femme et de ma fille.

Roger laisse passer un silence.

— Personne ne pouvait imaginer une chose pareille, Alfred, personne.

— Pas même toi, malgré toutes tes mises en garde...

Aucun de nous, se dit surtout Alfred, ne pouvait imaginer cette épée de Damoclès au-dessus de nos têtes. Une épée entre les mains de Jacques Cartonnet, cet homme abject qui se prétendait notre ami.

D'un geste de la main, Roger fait signe à Alfred de se mettre à l'écart. Derrière le bâtiment. Il s'avise qu'aucun gardien ne les surveille, puis sors de sa veste un grand carnet.

— C'est un « cahier-souvenirs » qui consigne mes pensées, mes dessins, et ceux de tous mes camarades. Si tu veux écrire un jour, n'hésite pas.

Il lui tend son livre interdit. Si on le pique avec ça, il le sait, lui et tous les signataires passent sous la mitraille. Alfred le feuillette rapidement.

— Prends ton temps, dit-il, lis des passages.

Alfred tombe sur une page où Roger évoque « le marché aux esclaves » qui s'organise tous les matins « dans la demi-obscurité d'une aube imprécise ».

— Je te raconterai plus tard. Continue.

Là, en haut à gauche, c'est Marcel Michelin, de la famille de l'industriel, qui note : « J'ai cinquante-huit ans, je sais ce que c'est que "boire l'obstacle". Celui-là est gros, mais on l'aura tout de même. » Alfred sourit. Il est déterminé, ce Marcel.

À la page suivante, Armand Pesquier, un employé de la préfecture de Toulouse, se contente de deux lignes. Son nom lui dit quelque chose. Il était membre du réseau de résistance Françoise[1]. Mais il broie du noir : « Tout ce que je peux écrire est vide de sens, car ma détention à Buchenwald m'a rendu amorphe. Je m'en excuse. »

Tous parlent de la « jungle » du camp. Un espace à la fois réglé à la trique et anarchique où la vie ne tient plus qu'à un fil. Alfred jette un dernier œil au cahier. Un certain Dr Froger, médecin d'Indre-et-Loire, émet une drôle de

1. Françoise est le pseudonyme de Marie-Louise Dissard. À la tête d'un réseau de plus de deux cents résistants, cette Toulousaine combative a secouru, caché et fait rapatrier, via l'Espagne, plus de sept cents aviateurs anglais et américains tombés sur le sol français.

recommandation : « À Buchenwald mieux que partout, les Védas sont applicables. »

— C'est quoi, les Védas, Roger ?

— Des écrits philosophiques bouddhistes. Tout est utile dans ce merdier.

En équilibre instable sur sa jambe abimée, Roger lui reprend le cahier. Il tourne les pages, à la recherche d'un dernier mot.

— Tiens, regarde, c'est un poème signé d'un prisonnier allemand, Anton Zeimer, qui m'est adressé. J'ai mis la traduction dans la marge, je crois que c'est fidèle.

Alfred lit le texte lentement, la tête tournée vers le mur.

J'ai du soleil dans le cœur, j'ai confiance et courage
J'ai du soleil dans le cœur et tout ira bien
Et si un jour, chez vous, mon nom
Est évoqué, pense par-devers toi que
Tu m'as connu.

Du soleil dans le cœur. L'image est douce comme l'eau claire. Le Dauphin de Toulouse, le minot de Constantine, a l'impression que cet Allemand parle de lui, de son petit paradis de Sidi M'Cid, de la vie comme il l'aime. Qui est-il pour être ici ? Il ne va pas oublier ses mots. Il va même se les répéter tous les jours pour chasser les idées noires et se donner du courage. *L'espoir,* se dit-il, *sera le dernier à mourir.*

Un mois plus tard, le 26 janvier, il demande à Roger son cahier-souvenirs. Il a préparé un brouillon. C'est la première fois qu'il tient un stylo depuis quinze mois. Mais, ce soir-là, alors que derrière l'épais rideau de neige les haut-parleurs diffusent les chansons de Zarah Leander, l'égérie suédoise des nazis, ce n'est pas du soleil mais du tonnerre qu'il a dans le cœur. Brièvement, Alfred raconte ses retrouvailles avec Foucher-Créteau. Puis il se lance :

Un jour viendra... Les souffrances, les tortures, les cendres des crématoires appellent la justice, et une vengeance inexorable s'abattra alors sur ces barbares. Il nous reste encore des durs moments à passer, mais c'est plein de résolution que nous aborderons le nouveau chemin que se sera tracé l'humanité nouvelle.

En bas de la page, lui qui n'est pas spécialement religieux, il ajoute en français et en yiddish : *Tout était écrit et nous en sortirons par la volonté de Dieu*.

11 avril 1945

Les voilà, leurs sauveurs. Les Ricains. Les GI. Leurs cousins. Les gars de la 7e armée. Ils ont fière allure. Des vrais cow-boys, clope au bec, casques de travers, lunettes noires sur le nez. La plupart mastiquent du chewing-gum. Du Wrigley's, le meilleur. Ce qu'ils voient, pourtant, en entrant dans le camp, leur retourne l'estomac. Ils baissent les yeux, plaquent un mouchoir sur leur visage. Des talus de cadavres décharnés, des montagnes de vêtements et de chaussures. Et ces êtres fantomatiques qui errent à l'aveugle. Hommes et femmes sans boussole, enfermés dans leur folie. On avait dû les prévenir, mais tout de même. Très vite, ils font face. En libérateurs, sûrs de leur mission.

C'est leur décontraction, plus encore que leur efficacité, qui laisse Alfred pantois. Des infirmières de l'armée lui proposent leurs jolis bras pour gagner l'hôpital de campagne. Il refuse poliment. Il est suffisamment vaillant pour marcher seul. Il décline son identité : Alfred Nakache, né le 18 novembre 1915 à Constantine. Français d'origine algérienne, juif, nageur de haut niveau, professeur d'éducation physique et sportive. Une femme, Paule, un enfant, Annie. Arrêtés à Toulouse le 20 décembre 1943. Déportés à Auschwitz le 23 janvier 1944.

Sous la tente, le médecin-colonel Colins le pèse. Un petit quarante kilos, la moitié de son poids de forme. Colins l'ausculte, le palpe, l'observe. Les poumons sont un peu fatigués et des infections cutanées persistent, ici ou là, à cause de la dénutrition. Les pieds mériteraient aussi un peu de repos. Mais rien de grave.

— Tu vas pouvoir prendre l'avion. Regagner la France. Tirer un trait sur tout ça, lâche-t-il dans un français parfait.

— Vous connaissez la France ?

— Oh oui, mon ami ! Après la libération de Paris, en août de l'année dernière, j'y suis resté un bon moment. Et j'ai appris vite.

Il a l'œil qui frise. Avant qu'Alfred ne disparaisse derrière la toile, il le hèle :

— Hé ! Nakache ! N'oublie pas de retourner dans les bassins. Les Yankees t'attendent au tournant.

Alfred hausse les épaules en guise de pourquoi pas. *Un chic type, ce Ricain...*

Renouer avec le monde

28 avril 1945. Dans la chambre de l'hôpital de la Pitié-Salpêtrière, allongé sur un lit aux draps frais, Alfred entend des enfants jouer en contrebas. Pour la première fois depuis des mois, il a dormi d'un sommeil profond. En ouvrant les yeux, l'écho de son rêve l'accompagne encore, vaporeux, étrange. Il est en train de jouer au water-polo avec ses frères dans la piscine de Sidi M'Cid. Il y a aussi Young Perez, Noah, et Félix lui semble-t-il, qui se disputent la balle sous un soleil de plomb.

Au-dessus d'eux, perchée sur un haut plongeoir qui n'existe pas, une sorte de tour Eiffel d'un blanc immaculé, Paule se prépare à effectuer une nouvelle figure. Elle est peut-être à trente mètres au-dessus d'eux, dos au bassin, et porte un maillot bleu échancré qui scintille de mille étoiles. Ses jambes sont longues et dorées. Ils arrêtent la partie pour l'encourager. Elle donne une impulsion, bras tendus en arrière, roule sur elle-même, mais, au lieu de piquer droit vers l'eau, ses rotations s'accélèrent et se transforment en un tourbillon furieux qui l'efface dans un nuage blanc.

Alors que tous la cherchent au milieu des nuages, elle se met à jouer à cache-cache. Elle passe une tête de temps en temps – « Je suis là, les garçons ! » –, puis disparaît de nouveau. L'infirmière entre dans la chambre, interrompant net sa rêverie.

— Quelqu'un demande à vous voir.

— Qui est-ce ?

— Un journaliste qui se présente comme un ami.

— Dites-lui d'entrer.

Ce vieux Bernard ! Des années qu'il le suit dans les compétitions pour la radio française. Un Auvergnat de la plaine de la Limagne, malin et bon vivant, dont le père tient un bistrot rue Delhomme, dans le quartier de Vaugirard. Le Mont d'or, c'est son nom. L'une de ses adresses préférées. Le meilleur aligot de Paris.

— Toi, au moins, Bernard, tu n'as pas maigri.

— Et toi, mon Alfred, tu n'as pas perdu le sens de l'humour.

Le Dauphin lui prend la main. La serre de toutes ses forces.

— Qu'est-ce que tu fous là ?

— Un ambulancier t'a reconnu et m'a filé l'info. Tout le monde, ici, te croit mort depuis longtemps.

Bernard lui tend une dépêche de *L'Écho d'Alger* qui date d'octobre 1944. Drôle d'impression que de lire la chronique de sa propre mort. Dans sa besace, il a aussi cet article paru, un mois plus tôt, à Toulouse, dans *La République*.

« Ceux qu'on n'oubliera pas », c'est le titre du papier. Autrement dit « nos disparus ». On y déroule les performances d'Artem, sa « probité sportive », son « sérieux ». Bernard lui raconte que le nouveau maire de Toulouse a décidé de donner son nom à la piscine municipale. Il a fait poser une plaque à sa mémoire sur un mur du bassin d'hiver, et rameuté tous les notables de la région pour l'inaugurer.

— Je vais annoncer ton retour, si tu veux bien. Au moins les choses seront bien faites.

— Tu ne perds pas le nord, vieux roublard.

Pour son scoop, Bernard lui pose quelques questions simples, dont l'une le sidère : « Retournerez-vous dans les bassins ? » Il n'a pas l'air, pourtant, de se ficher de lui. Il y a même beaucoup de tendresse dans ses yeux. Alfred réfléchit un moment. Il se demande si son pote journaliste saisit bien d'où il vient. Si quelqu'un lui a dit qu'il était revenu seul. Sans Paule. Sans Annie. Le lendemain, dans les journaux, Nakache découvre sa réponse en toutes lettres :

« Je sors de ma tombe. Laissez-moi reprendre contact avec le monde vivant. Après quoi j'essayerai de renager. »

*

C'est avec lui, et personne d'autre, qu'il veut quitter Paris. Émile est venu le chercher à l'hôpital. Il n'a pas changé, Émile, lutin bondissant, toujours de bonne humeur. L'ami fidèle qui n'a cessé de lui écrire à Toulouse pour l'encourager.

Et le mettre en garde. Il a l'air si heureux de ces retrouvailles auxquelles, il le lui avoue vite, il ne croyait plus. Devant l'entrée, un groupe de photographes se tient prêt. Quelques admirateurs aussi, qui attendent un autographe. Alfred sourit, ébloui par les flashs. Il signe au dos de photos jaunies qui lui paraissent d'un autre temps. Elles le représentent en maillot, au bord d'un bassin, avec toujours cet air rieur.

Alfred prend le temps de parler avec ces gens qui ne l'ont pas oublié. Certains lui demandent comment c'était, là-bas. Les mots lui manquent. Il bafouille des « dur », « très dur », qui n'expriment rien. Une jeune femme, en larmes, lui explique que toute sa famille a été arrêtée et emmenée au Vél' d'Hiv', en 1942, qu'elle y a échappé grâce à la dame de service qui l'a cachée dans sa chambre du sixième, qu'elle n'a des nouvelles de personne, que leurs noms n'apparaissent nulle part, ni à l'hôtel Lutetia où sont affichées les listes de déportés, ni ailleurs.

Alfred voudrait lui dire que lui non plus n'a plus de nouvelles de Paule et d'Annie. Que François Verdier – il l'a appris – a été assassiné par les Boches. Malgré les tortures et les sévices qu'il a subis, Forain n'a livré aucun secret à la Gestapo. Des témoins l'ont aperçu dans un état physique épouvantable durant ses transferts entre la prison Saint-Michel et le siège de la police allemande. Le 27 janvier 1944, la Gestapo l'a conduit discrètement en forêt de Bouconne, à l'ouest de Toulouse. Le long d'un chemin isolé, ses bourreaux l'ont exécuté d'une balle dans l'abdomen. « Peut-être pour effacer toutes traces de leur barbarie, a lu Alfred dans *Le Patriote du Sud-Ouest*, ou, au contraire, pour accentuer le degré d'horreur, les deux policiers de la Gestapo ont fait exploser la tête du chef de la Résistance avec une grenade placée dans sa bouche. »

Alfred aimerait lui dire aussi qu'il n'a aucune nouvelle d'Aaron Stein, ce proche de l'Armée juive qui tapait dans le sac au gymnase. La dernière fois qu'on l'a vu, c'était au printemps 1944, au Médiéval, un café niché au pied des tours du château de Foix, en Ariège. Depuis, plus rien. Pas de nouvelles non plus de Léon l'électricien ni de Gérard le Marseillais, ces deux copains de Drancy et d'Auschwitz. Il aimerait confier à cette femme tous ses tourments pour tenter d'apaiser les siens. Mais rien ne sort. Il lui donne un « courage » stupide, décevant, et l'embrasse tendrement.

— Allez, viens, mon pote, tu vas rater ton train, lui lance Émile pour l'arracher à elle.

*

Plusieurs fois pendant le trajet, embarqué dans un demi-sommeil, le ronflement monotone du train lui rappelle la cadence mortifère du convoi 66. Ne pas y penser, tenter de chasser ces images de cauchemar en contemplant, collé à la fenêtre, les beautés changeantes de la campagne française, les vertes prairies du Poitou, les reliefs du Limousin, les causses désertiques de la vallée du Lot. Dieu que ce pays est beau, malgré les cicatrices de la guerre.

À chaque entrée en gare, c'est la même désolation : des immeubles effondrés, des routes éventrées, villes meurtries, saignées, qui essayent de se relever. *À quoi va rassembler ma ville rose ? A-t-elle, elle aussi, été bombardée ?* Dans ses somnolences, il la revisite, rue après rue, s'arrêtant boire un verre au Bibent ou au Petit Chalet, le long de la Garonne, ouvrant la lourde porte du gymnase, bien avant le bruit des bottes et des cris, posant enfin ses affaires dans les vestiaires de cette piscine qui porte désormais son nom.

Ses paupières se referment lentement. Il se laisse glisser dans ses songes. Bientôt il est sur le plot, les bras vers le bas, la tête dans les épaules. À vos marques, prêts ?... La douceur de l'eau sur sa peau lui donne la chair de poule. Puis la sensation de vitesse s'empare de tout son corps. L'envie est là, intense, vibrante, intacte, pendant que le train trace sa route à vive allure. Les yeux fermés, il reprend contact avec le monde vivant. Les yeux fermés, il se remet à nager.

Petit carnet

Au premier jour d'entraînement, Alban Minville a l'élégance de faire comme si rien ne s'était passé. Debout au bord du bassin, il fume clope sur clope. Et mime, en perfectionniste, le geste parfait. De la brasse. Du papillon. Dans l'eau, les muscles d'Alfred sont bien faibles. Il ne tire pas trop, pour éviter les déchirures.

— Allonge, allonge, répète-t-il en boucle.

Alfred fait le vide dans son esprit et, peu à peu, ses sens prennent le contrôle. Ils le portent, l'emmènent de plus en plus vite de l'autre côté du bassin. Il faut croire que le dauphin Nakache n'est pas tout à fait mort.

— C'est encore mieux qu'hier, conclut Minville chaque soir comme s'il le disait pour la première fois.

Ses coéquipiers aussi, Alex Jany et Georges Vallerey, semblent s'être donné le mot.

— C'est le retour des trois mousquetaires ! s'exclame Alex, dont la famille est devenue un peu la sienne.

— *Inchallah !* lance Georges de son côté, tonitruant.

Georges Vallerey est le petit dernier du club. Tout le monde l'appelle Yoyo. Une force de la nature et un tempérament de feu qui a grandi à Casablanca, au Maroc. Cadet d'une famille de nageurs qu'on appelle « les Poissons », son père a concouru aux épreuves de natation des Jeux olympiques de 1924, à Paris. Il y a quatre ans, le 8 novembre 1942, Georges a fait preuve d'un courage invraisemblable. Il n'avait alors que quinze ans.

Ce jour-là, les Américains, attendus comme les libérateurs, bombardent le port de Casablanca où se trouvent trois navires français aux ordres de Vichy, le *Primauguet*, le *Milan* et l'*Albatros*. Des dizaines de marins tombent à l'eau. Certains ne savent pas nager, d'autres, lestés par leur matériel ou blessés, luttent pour ne pas se noyer. Avec son ami Robert Guenet, vingt-neuf ans, Georges n'hésite pas. Au pied des Roches noires, il se déshabille et, au milieu d'un déluge de bombes, ballotté par la houle, part à leur rencontre. Couvert de mazout, la peau déchirée par la ferraille qui flotte à la surface, Yoyo met à l'eau une petite barque à fond plat qui traîne sur les galets afin de récupérer le maximum de naufragés. L'enfant, ignorant le danger – « comme un jeu où il se dépense en adresse et vitesse, sans une plainte, sans trace de lassitude[1] » –, rame

1. Voir le témoignage de Robert Guenet dans *Georges Vallerey, la vie et la mort d'un grand champion*, d'Andrée-Marie Legangneux, Éditions Maroprint, Casablanca, 1954.

de toutes ses forces, enchaîne les allers-retours, secourant au total plus de cinquante soldats dans une ambiance de fin du monde. « Son cran prodigieux m'émerveille et me stimule », racontera Robert, qui, de son côté, « serre les dents pour ne pas crier[1] ».

Dans l'équipe des Dauphins, Yoyo montre le même engagement. Du sauvetage, il ne parle jamais. Avec Nakache, qui a presque le même âge que Robert dans l'enfer de Casablanca, il est le même petit frère. Joyeux, volontaire, sans limites. Cette joie de vivre arrache à Alfred quelques sourires mais, comme toute l'affection qui l'entoure, ne semble jamais vraiment parvenir à soulager les douleurs qui l'assaillent.

*

Autant Alfred réussit, dans l'eau, à oublier l'absence de Paule et d'Annie, autant, à peine sorti de la piscine, leurs visages l'obsèdent. Grâce au père Jany, il a récupéré l'appartement qui était le leur. Des meubles qu'ils avaient chinés dans des brocantes, il n'y a plus rien, excepté le coffre d'une pendule dont on a retiré l'appareillage. Pour le reste, la Gestapo et la Milice ont tout pillé. Bibelots, médailles et coupes. Les Jany lui ont prêté un lit. Il mange peu, le plus équilibré possible. Surtout ne pas tomber dans l'excès. Il prend garde à ne pas se gaver.

1. Six mois plus tard, Georges Vallerey et Robert Guenet recevront la Croix de guerre pour leur comportement héroïque.

Il n'en ressent aucun besoin. Il n'a ni la force d'aller au bistrot taper le carton, ni l'envie de retourner au gymnase. C'est un ancien rugbyman, comme son prédécesseur, qui l'a repris. Et il paraît que ça marche bien. Ses soirées, il les passe seul. Attablé devant la fenêtre qui donne sur la rue. Parfois, il écoute un disque de Cheikh Raymond qu'un ami lui a trouvé. Et les paroles résonnent en lui. *Avec délicatesse, il s'approche de sa bien-aimée. Son âme est déchirée.* Il ouvre son courrier, consulte les horaires des trains en provenance de Paris. Il les recopie minutieusement dans un petit carnet violet.

Pas question de rater une arrivée. Il préfère sécher un entraînement plutôt que louper leurs retrouvailles. Une petite rose cachée au fond de sa poche, presque chaque jour, il se rend à pied à la gare Matabiau pour accueillir Paule et Annie. On le regarde d'un air gêné. Souvent il reste longtemps sur le quai. En plan. Muet. La rose à la main. Bien après le départ des voyageurs. Et, parfois, du train.

*

— Les journaux célèbrent ton retour au plus haut niveau. *Le Miroir des sports* parle du phénix qui renaît…

— … de ses cendres. Je sais, Émile, je l'ai déjà entendu cent fois.

Chaque semaine, son ami lui téléphone pour une revue de presse complète, soulignant les articles élogieux, commentant les moins bons pour mieux les atténuer. De fait, les chronos sont têtus : il a retrouvé ses muscles et une nage de combat. Émile est si volubile et enthousiaste que, très souvent, c'est Alfred qui doit raccrocher. En prétextant une visite ou une réunion au club.

Ce jour du printemps 1946, pourtant, on a bien sonné à la porte. Sur le palier, un soldat. Livide. Il lui tend un Télex du ministère des Armées.

« Nous sommes au regret de vous confirmer que votre fille Annie a été gazée deux jours après son arrivée à Auschwitz, le 25 janvier 1944. »

De Paule, il n'y a pas un mot.

Le 11 mai

Ma Paule,

Cette nuit encore, je me suis réveillé couvert de sueur. Je suis resté collé à la fenêtre, hébété, à regarder les premières lueurs du jour. Les arbres de l'autre côté de la rue, des platanes, quelques marronniers et un tilleul argenté, semblent reprendre vie. Ils te plairaient, ces arbres. Ils continuent comme si de rien n'était. Ma tête, moi, n'est qu'un étau qui m'épuise, me rend fou. Les pensées noires remontent, m'encerclent, m'enfoncent dans des eaux sombres. Parfois j'ai les poings si serrés qu'ils pourraient briser du bois.

Je me sens étranger à moi-même. Je dois sortir la tête de l'eau. Me retrouver, calmer cette colère qui bout en moi. La photo d'Annie ne me quitte plus. Ils n'ont pas vu son sourire. Ils n'ont pas vu ses larmes quand ils lui ont arraché sa peluche. Et toi, notre Dieu protecteur, tu as vu quoi ? Allez, dis-nous ! N'aie pas peur !

Je t'écris sur mon petit carnet violet car je n'ai plus d'adresse à donner. La carte que j'ai envoyée boulevard de Sébastopol m'est revenue. Hier, après l'entraînement, j'ai marché dans la ville. Sans but. Je suis passé devant la librairie. Dans la vitrine, il y avait un recueil de poésies. Avec un joli titre, Les Armes miraculeuses[1].

1. *Les Armes miraculeuses*, d'Aimé Césaire, 1946.

Je suis entré, je l'ai feuilleté. La première phrase m'a fait trembler. « J'attends au bord du monde les-voyageurs-qui-ne-viendront-pas. »

Il parlait de qui, l'écrivain ? Il ne nous connaît pas, il ne peut pas savoir. Dis-moi qu'il raconte une autre histoire. Je ne veux pas de ses mots. De son livre. Je suis reparti en courant. Demain, je retournerai à la gare.

La der des ders

Pourquoi, alors que son cœur n'est qu'un soleil froid, s'aligner au championnat du monde, à Marseille, le 8 août 1946 ? Il connaît le risque : la compétition de trop, inutile, grotesque, capable de ruiner son palmarès et de le ridiculiser pour toujours. Les meilleurs sont là, qui ne doivent pas craindre grand-chose. À la presse qui s'interroge, il se borne à livrer un état de santé : « Physiquement, j'ai repris le dessus, mais le moral est touché. » Il aurait dû dire « coulé ». Son frère raconte à qui veut l'entendre que ses yeux sont devenus tristes. Il a raison. Il ne les regarde plus. Il n'allume plus la lumière quand il entre dans la salle de bains. Il n'arrive même plus à rire d'une blague, c'est dire.

Ce voile, il le sent sur tout son corps. Il devrait s'arrêter là. Préserver ceux qui l'aiment d'un spectacle pitoyable. Et pourtant, il s'aligne. Aux côtés d'Alex et de Yoyo, ses deux mousquetaires. Sous le regard d'Alban le magicien. Devant ses frères, sa sœur, ses parents venus d'Algérie. Il s'aligne comme un automate, guidé par une force qui lui échappe. Il n'entend rien de la clameur qui court dans les gradins, ni des envolées du speaker déchaîné. Il entre en lui-même, imperméable au monde qui l'entoure. Chrysalide prête à éclore.

Alex concourt en nage libre, Yoyo en brasse, lui en papillon. Trois fois 100 mètres trois nages. À tout exploser. À en mourir. Sur sa ligne, il se lance comme on saute dans le vide. Il bondit dans cette eau qui résiste. Ses bras brûlent. Se déchirent. Il retrouve ses yeux, les vrais, qui dévorent le mur d'arrivée.

Il tire la langue.

Record du monde.

Pour vous, mes deux amours.

Épilogue

Trois ans après son retour des camps, à trente-trois ans, Alfred Nakache se qualifie pour les Jeux olympiques de Londres. Premiers jeux d'après-guerre dans une ville qui porte encore les cicatrices de la résistance au nazisme. Cinq mille athlètes sont attendus, dix fois plus qu'à Berlin en 1936. Pour Alfred, ces jeux ont le goût de la vie qui reprend ses droits, même si la douleur est inscrite à jamais dans sa chair et qu'une nouvelle génération de nageurs s'impose dans les bassins. Alex Jany, notamment, son protégé du club des Dauphins.

Le 5 août 1948, à l'Empire Swimming Pool, Alfred s'aligne pour le quart de finale du 200 mètres brasse. Sa course est un modèle de puissance et de maîtrise. Deuxième de sa série, tout le monde le voit en or. Mais Artem met de longues minutes à sortir de l'eau. Il ressent des crampes aux jambes, peine à récupérer, se tient la cuisse. Il décide que les demi-finales seront sa dernière apparition. Ce jour-là, ses inquiétudes se confirment. Son corps le lâche. Ni podium ni médaille, mais un public ébloui et le respect unanime de la presse.

Ces jeux du renouveau, décidément, n'auront pas souri à la France. Alex Jany, le petit surdoué de la nage libre qu'on attendait sur la plus haute marche, passe à côté. Il rate ses virages dans le 100 mètres et le 400 mètres crawl. « Que voulez-vous, vole aussitôt à son secours Alfred, les piscines n'étaient pas chauffées l'hiver dernier. Impossible, dans ces conditions, de bien s'entraîner. » Réconfort paternel qui ne convainc pas grand monde mais dit tout de l'immense bienveillance d'Artem. Yoyo, lui, sauvera l'honneur : Georges Vallerey décroche le bronze sur 100 mètres dos.

Alfred Nakache décide de prendre le large. Il s'envole pour l'île de La Réunion, où il enseigne, pendant plusieurs années, le sport dans les écoles. Il rencontre Marie, qui lui redonne le sourire et un peu de foi en l'avenir. Lorsqu'il revient en métropole, il pose ses valises à Sète, dans une maison de pêcheurs située près de la corniche.

« C'est là qu'il reçoit tous les siens, au mois d'août, pour une grande sardinade, distribuant à la volée ses médailles dans une joyeuse ambiance, car il aimait par-dessus tout la vie », témoignera sa nièce Yvette Benayoun-Nakache.

Des camps, il parle rarement. De religion, encore moins. Tous les matins, au lever du jour, il traverse la baie de Cerbère à la nage, dernière petite ville méditerranéenne avant l'Espagne. Plus de mille mètres qu'il parcourt comme un rituel, à la brasse ou en crawl.

C'est au cours de cette traversée, le 4 août 1983, dans cette eau qui a accompagné toute sa vie, entre bonheur et tragédie, qu'il est terrassé par une crise cardiaque. Il a soixante-sept ans.

Sur la tombe dans laquelle il repose, au cimetière marin Le Py, à Sète, les noms de Paule et Annie sont gravés auprès du sien.

*

Le 12 mars 2021, le gouvernement français publie les portraits de trois cent dix-huit personnalités représentatives de l'histoire de la diversité française. Les maires sont invités à s'en inspirer pour baptiser rues, avenues, places et bâtiments publics. Parmi ces femmes et ces hommes, Alfred Nakache. « Il n'est pas qu'un sportif de haut niveau, écrivent les membres de la commission, il est un exemple de fraternité et d'engagement. »

Présentant ces « Portraits de France », Emmanuel Macron a salué les « héros » de ces « histoires fragmentées, fracturées ». Des personnalités qui « ont contribué à notre histoire mais qui n'ont pas encore trouvé leur place dans notre mémoire collective ».

Que sont-ils devenus ?

Les déportés du convoi 66

Sur les 1 153 déportés du convoi 66, seuls 45 ont survécu.

Gérard Avran

Gérard Avran est né le 10 avril 1927 à Colmar. Il s'installe avec toute sa famille à Marseille en décembre 1940. Le 10 novembre 1943, il est arrêté avec son frère Pierre, sa sœur Mireille et sa mère Rose. Son père, lui, a déjà été interpellé. Tous sont conduits à Drancy, puis déportés à Auschwitz par le convoi 66. À leur arrivée, Rose et Mireille sont immédiatement assassinées. Au sein du camp, Gérard tisse des relations d'amitié avec Alfred Nakache. En janvier 1945, la « marche de la mort » le conduit au camp de Mauthausen. À la libération, il devient technicien de cinéma et réalisateur pour les écoles. Il décide de témoigner à l'âge de soixante-treize ans, rappelant que, « des cinq de la famille, il est le seul à être revenu vivant d'Auschwitz ». (www.contreloubli.ch)

Jean Borotra

Vainqueur de Roland-Garros en 1931, membre de l'équipe de France de Coupe Davis, ce polytechnicien, membre des Croix de feu, devient commissaire général aux Sports dans le gouvernement de Vichy, avant d'être destitué pour avoir embarqué Alfred Nakache dans une tournée en Afrique du Nord. Poursuivi par la Gestapo, il est arrêté et interné au château d'Itter, dans le Tyrol autrichien. Libéré en mai 1945, il ne fait l'objet d'aucune poursuite de la part de la Haute Cour de Justice. Il est mort le 17 juillet 1994, à l'âge de quatre-vingt-quinze ans.

Jacques Cartonnet

Réfugié à Sigmaringen, dans le sud de l'Allemagne, il est condamné à mort, par contumace, pour collaboration, par la Cour de Justice de Toulouse, le 19 mars 1945. Arrêté à Rome, l'ancien champion de natation, devenu milicien, réussit une évasion spectaculaire en sautant, au décollage, de l'avion militaire qui devait le rapatrier en France. Il est de nouveau arrêté par les Italiens en novembre 1947. On perd alors définitivement sa trace. Alfred Nakache a toujours pensé que son rival l'avait dénoncé à la Gestapo.

Cheikh Raymond

Né à Constantine en 1912, d'un père juif et d'une mère catholique, Raymond Leyris, alias Cheikh Raymond, devient le maître incontesté de la musique arabo-andalouse. Il atteint des sommets inégalés d'érudition et de puissance créatrice. Le 22 juin 1961, il est abattu d'une balle dans la nuque sur un marché de sa ville natale. Son assassinat déclenche le départ des juifs de Constantine. Arrivé en France, son élève Gaston Ghrenassia, guitariste dans son orchestre, fera carrière sous le nom d'Enrico Macias.

Willy Holt

Fils d'un père américain et d'une mère française, ce dessinateur de talent devient, à son retour à Paris, chef décorateur pour le cinéma. Nommé aux Oscars pour *Paris brûle-t-il ?*, il reçoit, en 1987, le César du meilleur décor pour *Au revoir les enfants*. Il est décédé le 22 juin 2007.

Alex Jany

Comme Alfred Nakache l'avait prédit, Alex Jany est devenu un grand champion. Spécialiste du crawl, il a décroché vingt-six titres de champion de France, quinze records d'Europe, sept records du monde et deux médailles de bronze en relais 4 x 200 mètres nage libre aux Jeux olympiques de 1948 et 1952. Il est mort le 18 juillet 2001.

Noah Klieger

Après Auschwitz, il survit à l'enfer du camp de Dora. Ses parents, Abraham et Esther, reviendront aussi vivants des camps. En 1947, il participe à la lutte pour l'indépendance d'Israël en rejoignant l'équipage de l'*Exodus*. Il s'installe à Tel-Aviv et devient un grand journaliste sportif, correspondant régulier de *L'Équipe* et de *France Football*, et électeur, chaque année, du Ballon d'or. Il est décédé le 13 décembre 2018.

Léon Lehrer

Né à Paris en 1920 de parents juifs réfugiés de Roumanie, Léon Lehrer a grandi à Montmartre. À l'âge de douze ans, il est apprenti électricien, tandis que sa mère rêve d'en faire un chantre de synagogue.

Il est arrêté à Toulouse le 26 novembre 1943 avec sa sœur Louise. Tous deux sont transférés à Drancy le 16 décembre. Dès le lendemain, Louise est déportée à

Auschwitz. Léon Lehrer bénéficie, en sa qualité d'électricien, d'une situation de semi-liberté à l'intérieur du camp de Drancy, avant de choisir de rejoindre sa sœur, par le convoi du 20 janvier 1944. Tondu et tatoué, Léon est intégré à un *kommando* chargé de prolonger la rampe d'accès à Birkenau, avant de se faire passer pour ingénieur électricien et d'intégrer un *kommando* de travail composé de Français, au sein de l'usine de caoutchouc synthétique du camp satellite de Buna-Monowitz.

Il survit à la « marche de la mort » de janvier 1945 qui le conduit au camp de concentration de Buchenwald. Transféré début mars à l'usine de Sonneberg, puis évacué par les SS, il fait partie d'une colonne libérée par l'armée américaine dans la campagne bavaroise. Il est rapatrié à Paris, par avion, depuis Duisbourg. Devant l'incompréhension et l'indifférence de ses proches, il garde le silence pendant plus de cinquante ans sur son expérience. Quelques mois avant sa mort, en juin 2010, à l'âge de quatre-vingt-dix ans, il répétait : « Je veux continuer à témoigner pour faire comprendre aux jeunes la barbarie des nazis. »

Étienne Mattler

Capitaine de l'équipe de France de Football, le Sochalien Étienne Mattler, dit « le déblayeur », est né à Belfort le 24 décembre 1905. Il participe aux trois premières Coupes du monde et remporte, avec son club, deux championnats de France, en 1935 et 1938. Dès 1942, il s'engage dans la résistance et récupère des armes parachutées par les Alliés. Il est arrêté en février 1944 par la Gestapo et détenu pendant trois mois. Torturé, il ne lâche rien. Sa fille raconte que, « pour se donner du courage et narguer les Allemands, il gardait sur lui un survêtement de l'équipe de France ». Il s'enfuit en Suisse en mai 1944. Donné pour mort en septembre par plusieurs journaux, il réapparaît comme maréchal des logis dans les forces du maréchal de Lattre de Tassigny.

Après une dernière saison à Sochaux, en 1946, il ouvre un bar-tabac à Belfort. Il meurt le 23 mars 1986, à quatre-vingts ans.

Alban Minville

Entraîneur emblématique des Dauphins de Toulouse, très aimé des nageurs, il a accompagné les succès de Christian Talli, Alfred Nakache, Alex Jany, Georges Vallerey ou encore Jean Boiteux. Spécialiste du papillon, dont il modélise le mouvement, il innove en matière de durée de l'entraînement, de rythme de la course et de musculation en dehors des bassins. Il a donné son nom à un complexe culturel à Toulouse.

Jean Taris

Surnommé « le roi de l'eau », modèle absolu pour Alfred Nakache qui s'entraîne avec lui à Paris, ce nageur de crawl a battu huit records du monde de nage libre entre 1930 et 1932. Il est le premier nageur français à être descendu sous la barre des 60 secondes sur 100 mètres. Jean Taris est l'un des précurseurs de la « nage alternative » : respiration droite-gauche alternée par cycles de trois mouvements. Il est vice-champion olympique du 400 mètres nage libre aux Jeux de Los Angeles, en 1932. Il décède à Grasse le 10 janvier 1977.

Georges Vallerey

C'est dans le port de Casablanca que Georges Vallerey, dit Yoyo, apprend à nager sous le regard attentif de son père, lui aussi prénommé Georges et ancien champion de natation. C'est aussi dans le port de Casablanca, le 8 novembre 1942, jour du débarquement des Américains, que Yoyo porte secours à plus de cinquante marins français. Il n'a alors que quinze ans. Commence ensuite une extraordinaire carrière de champion, battant, en 1945, les records d'Europe des 100 et 200 mètres dos, et signant l'année suivante, aux côtés d'Alfred Nakache, le record du monde du 3 x 100 mètres 3 nages. Coqueluche du public français, grand séducteur, il est atteint, en 1950, d'une néphrite qui le fait grossir anormalement et l'empêche de nager. Le 4 octobre 1954, malgré tous les traitements prodigués, il meurt à Casablanca, à l'âge de vingt-six ans.

Robert Waitz

Fils d'un médecin, d'origine russe, et d'une professeure de sciences naturelles, Robert Élie Waitz est professeur agrégé à l'Université de Strasbourg. Résistant, il est déporté à Auschwitz, puis à Buchenwald, en même temps qu'Alfred Nakache.

Il est affecté au block 46, unité d'expériences où le typhus est inoculé à des individus sains. À la Libération, il retourne à Strasbourg, où il devient un spécialiste de la transfusion sanguine. Au tribunal de Nuremberg, il témoigne sur les expérimentations médicales menées par les nazis.

En avril 1967, lors de l'inauguration du Monument international d'Auschwitz, il prononce ces mots : « Vous, les jeunes d'aujourd'hui, n'oubliez jamais à quoi mènent la guerre, le totalitarisme, la négation de l'être humain, le déchaînement de la haine raciale, du sadisme et de tous les instincts les plus bas. Combattez sans répit ces forces mauvaises. Car à chaque instant réapparaissent le néonazisme, le racisme et l'antisémitisme. Soyez vigilants, car des milliers de criminels de guerre restent impunis. »

Robert Waitz décède d'une crise cardiaque le 21 janvier 1978.

Note de l'auteur

C'est par un court article annonçant, en 2019, l'intronisation d'Alfred Nakache dans le panthéon mondial de la natation, en Floride, que j'ai appris l'existence de ce grand champion français oublié : la tragédie qu'il a vécue mais aussi sa force vitale inouïe. Une « vie à contre-courant », comme l'a joliment titré un journal du soir. Je me suis alors plongé dans les rares textes évoquant le « nageur d'Auschwitz », les ouvrages de champions qui ont nagé avec lui, les mémoires de déportés qui l'ont connu à Auschwitz.

Pour écrire, je me suis laissé guider par ce qu'« Artem » m'inspirait au fil de mes lectures. Dans ce « roman vrai », les dialogues, quelques situations (sa rencontre avec Paule, en particulier) et des personnages secondaires ont été imaginés pour donner corps au récit. L'ensemble des citations concernant Alfred Nakache (tracts, articles de presse) sont authentiques. Tout comme les événements importants de sa vie retracés et mis en scène dans ces pages :

- sa jeunesse à Constantine et sa peur de l'eau ;
- sa rivalité avec le nageur antisémite Jacques Cartonnet ;
- ses exploits sportifs, les jeux de Berlin, les attaques dans la presse, le boycott de ses amis Dauphins après sa radiation du club, son arrestation et sa déportation à Auschwitz avec sa femme et sa fille ;
- l'épreuve du poignard, les dessins érotiques de Willy Holt, les bains clandestins en compagnie de Noah Klieger, les témoignages de Gérard Arvan et de Léon Lehrer, la

marche de la mort, l'exécution du boxeur Young Perez, la rencontre avec Roger Foucher-Créteau à Buchenwald et son « cahier-souvenirs » ;
- le retour à Toulouse alors que tout le monde croit Nakache disparu, l'annonce de la mort d'Annie. Et cet ultime record du monde, à Marseille, comme un pied de nez au destin.

J'espère que ce roman contribuera, à sa manière, au devoir de mémoire et à la vigilance, plus que jamais nécessaire, face à l'antisémitisme et à toutes les formes de racisme.

Bibliographie

ABGRALL Fabrice, THOMAZEAU François, *1936, la France à l'épreuve des Jeux olympiques de Berlin*, Alvik Éditions, 2006.

BAUD Daniel, *Alfred Nakache, le nageur d'Auschwitz*, Éditions Loubatières, 2009.

BENSOUSSAN Georges, DIETSCHY Paul, FRANÇOIS Caroline, STROUK Hubert (dir.), *Sport, corps et sociétés de masse. Le projet d'un homme nouveau*, Armand Colin, coll. « Recherches », 2012.

BROHM Jean-Marie, *1936. Jeux olympiques à Berlin*, André Versaille éditeur, 2008.

CLASTRES Patrick (dir.), *Le Sport européen à l'épreuve du nazisme*, catalogue de l'exposition du Mémorial de la Shoah, 2011.

DICALE Bertrand, *Cheikh Raymond, une histoire algérienne*, First, 2011.

FOUCHER-CRÉTEAU Roger, *Écrit à Buchenwald. 1944-1945*, La Boutique de l'Histoire, 2001.

GOMET Doriane, BAUER Thomas, MORALES Yves, « Alfred Nakache, des bassins olympiques au couloir de Drancy. Analyse socio-historique de la carrière d'un champion (1934-1944) », in Laurence Munoz (dir.), *Usages corporels et pratiques aquatiques du XVIIIe au XXe siècle*, L'Harmattan, 2008.

HOLT Willy, *Femmes en deuil sur un camion*, Nil Éditions, 1995.

KLIEGER Noah, *Plus d'un tour dans ma vie !*, Elkana, 2014.
LEHRER Léon, ZAK Sonia, *Un poulbot à Pitchipoï*, Causette, 1998.
Lettres de Drancy, textes réunis et présentés par Antoine Sabbagh, Tallandier, 2002 ; coll. « Texto », 2019.
MITTERRAND Frédéric, *1939, l'œil du cyclone*, XO Éditions, 2022.
NAHUM André, *Young Perez champion. De Tunis à Auschwitz, son histoire*, Éditions Télémaque, 2013.
PORTHERET Valérie, *Vous n'aurez pas les enfants*, XO Éditions, 2020, préfaces de Serge Klarsfeld et Boris Cyrulnik ; Pocket, 2021.
POURCHER Yves, *Brasse papillon. Le roman d'un collabo*, Gaussen, 2021.
SPRAWSON Charles, *Héros et nageurs*, Nevicata, 2019.
TARIS Jean, *La Joie de l'eau. Ma vie, mes secrets, mon style*, Les Œuvres françaises, 1937.
WIEVIORKA Annette, LAFFITTE Michel, *À l'intérieur du camp de Drancy*, Perrin, 2012.

Documentaires

LASHÉRAS Thierry, *Nage libre*, France 3 Occitanie, 2019.
MEUNIER Christian, *Alfred Nakache, le nageur d'Auschwitz*, avec la voix de Pierre Arditi, 2001.
VIGO Jean, *Taris, le roi de l'eau*, Gaumont, 1931.

Table

Remerciements

Merci à mes éditeurs, pour leur confiance.

À Édith Leblond qui m'a encouragé à écrire ce roman.

À François-Guillaume Lorrain et Paul Dietschy pour leurs utiles conseils de lecture.

À Damien Naddéo et Pascal Aznar – attaché de presse et nageur émérite – pour l'énergie déployée autour du livre.

Merci à toute l'équipe de l'Archipel.

Merci enfin à mes proches – ils se reconnaîtront – pour leur écoute et leur affection si précieuses.

13990

Composition
NORD COMPO

Achevé d'imprimer à Barcelone
par CPI Black Print
le 3 décembre 2023

Dépôt légal décembre 2023
EAN 9782290389782
OTP L21EPLN003499-558420

ÉDITIONS J'AI LU
82, rue Saint-Lazare, 75009 Paris

Diffusion France et étranger : Flammarion